KB017086

영원히 아름다운 것만
만나기를

영원히 아름다운 것만 만나기를

다치바나 가오루
박혜연 옮김

‘요모기’의
식구들을
소개합니다

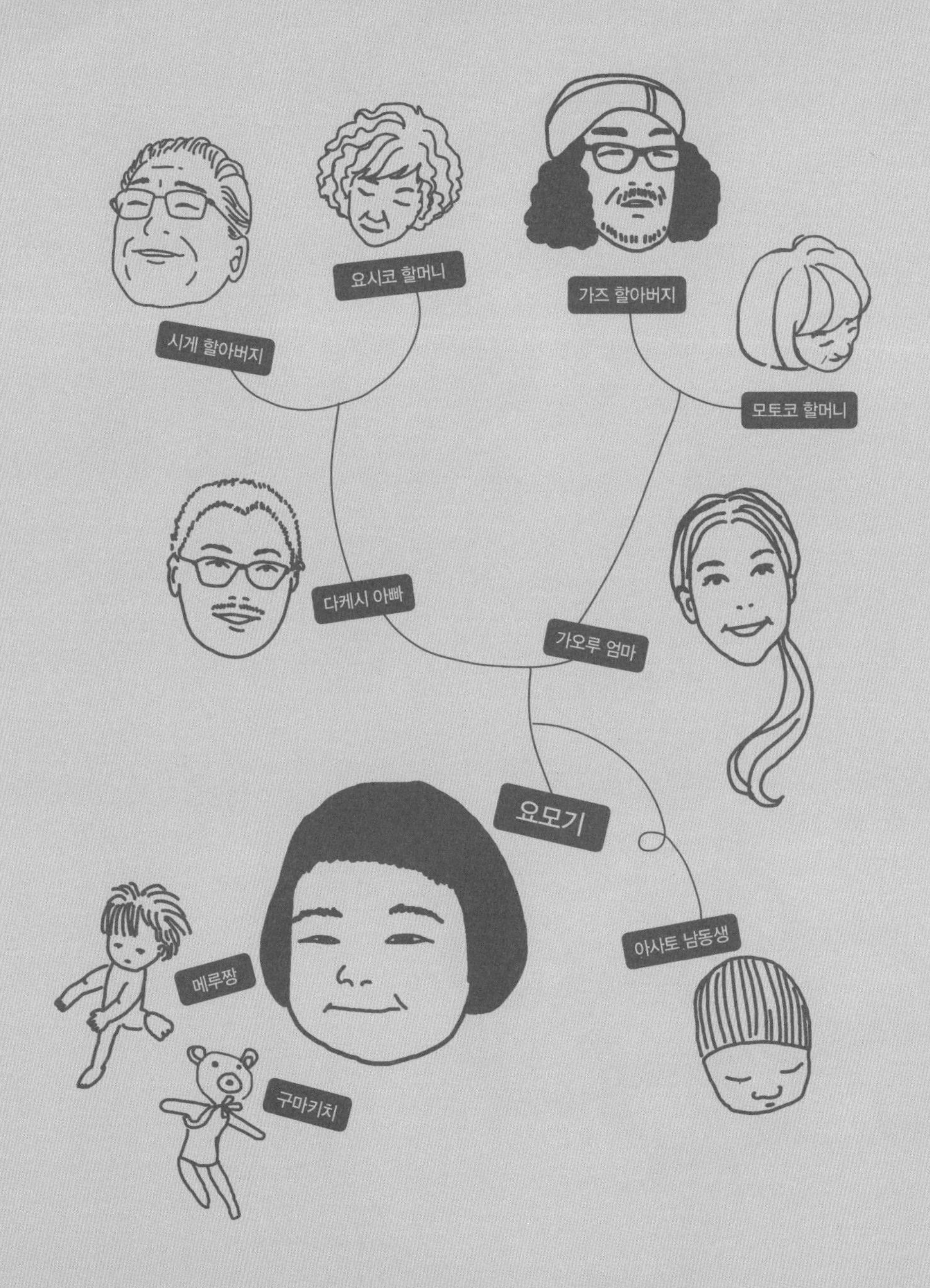
요시코 할머니
가즈 할아버지
시게 할아버지
모토코 할머니
다케시 아빠
가오루 엄마
요모기
아사토 남동생
메루짱
구마키치

곧 태어날 아기가 건강하게 자랐으면 하는 바람을 담아
배냇저고리에도 자수를 놓았습니다.
아이누● 자수에는 액운을 쫓는다는 의미도 있다고 합니다.

● 일본 홋카이도의 원주민으로, 지금도 여전히 여러 곳에서 그 문화를 찾아볼 수 있다.

빨리 안아주고 싶어.
아빠도 엄마도 기다리고 있단다.

우리 부부는 믿음직한 산파의 도움을 받아 집에서 출산하기로 결정했습니다. 지금 일본에서 자택출산을 하는 사람은 1,000명 중 3명 꼴이래요. 출산하는 날은 뭐니뭐니해도 가장 안심할 수 있는 장소에서 사랑하는 사람들에 둘러싸여, 세상으로 막 나올 아이와 만나고 싶다는 생각이 강했습니다. 이런저런 검사를 마치고 몸 상태를 잘 관리한 뒤, 온 가족이 하나가 되어 드디어 그날을 맞이했습니다. 나는 진통중에도 방 청소를 하고 팥찰밥●을 준비했고요. 출산을 도와주러 온 어머니와 약간은 들뜬 마음을 즐기며 시간을 보냈습니다.
잘했어요. 시작부터 끝까지 가족이 함께한 출산 의식은 정말이지 멋진 경험이었습니다. 우리 요모기●●가 태어난 날은, 아침노을이 참 예뻤습니다.

●

일본에서 주로 축하할 일이 있을 때 먹는 음식.

●●

아이 이름은 '요모기(よもぎ)'라고 지었습니다.
요모기는 만능약이라 불리는 약초(쑥)입니다.
많은 이에게 힘을 주는, 상냥하고 믿음직스러운 사람이 되기를 바라는 마음으로.

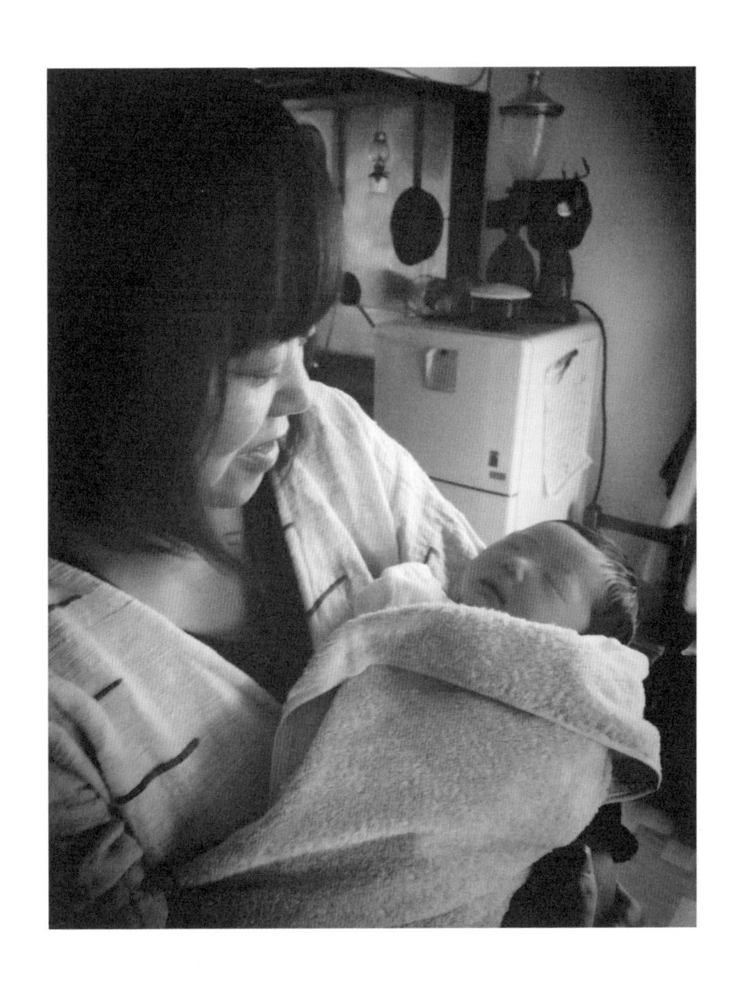

모유와의 첫인사.

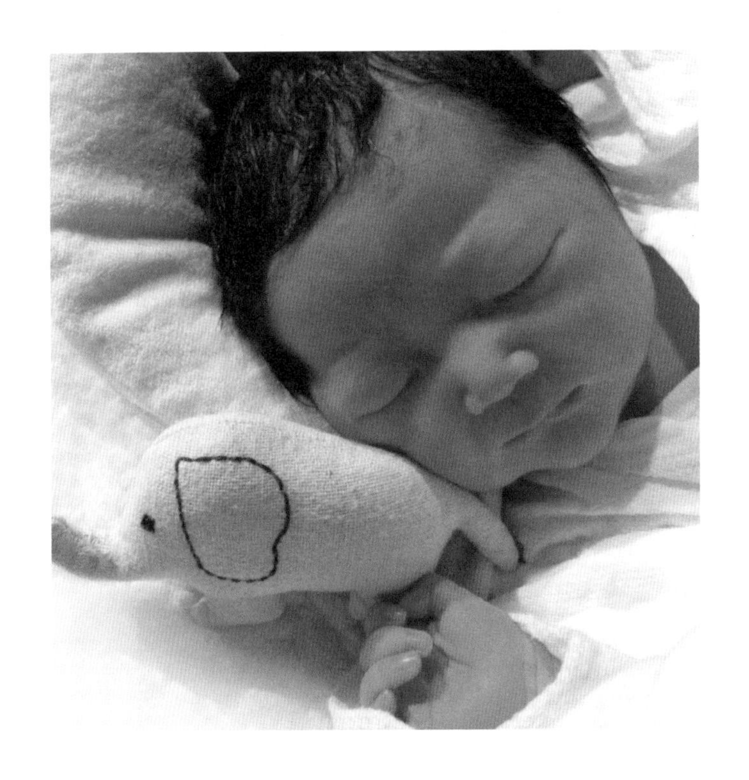

아기가 태어난 뒤 며칠 동안은 목욕을 시키지 않는다고 합니다.

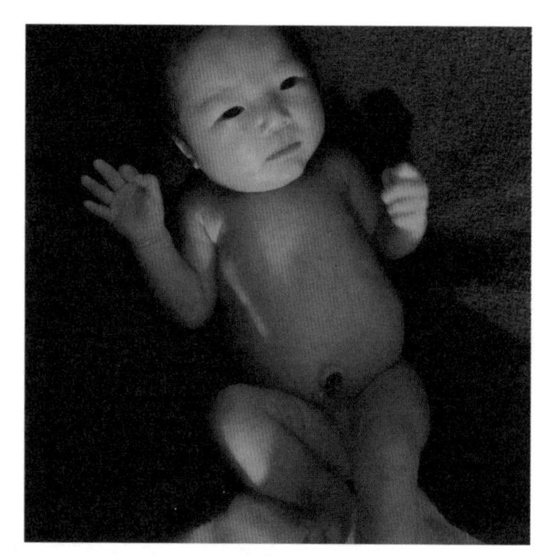

아직은 서툰, 옷 갈아입히기.

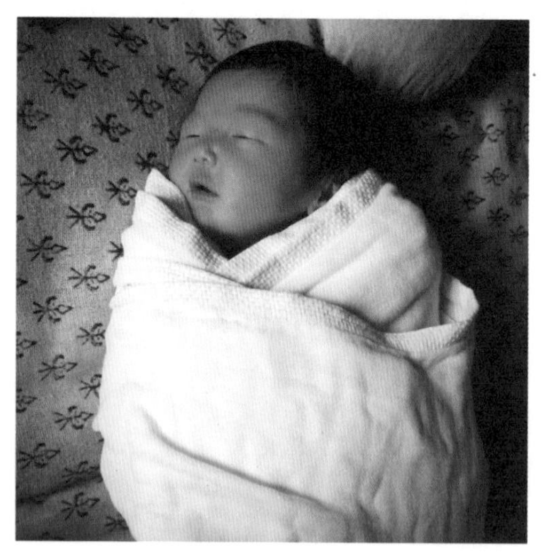

이렇게 돌돌 말아주면 안심하고 잠을 잘 잡니다.

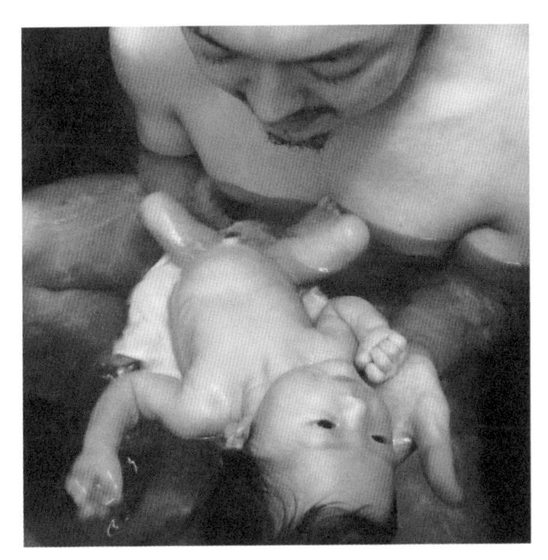

신생아 시기에는 보통 아기 욕조를 사용하지만,
함께 목욕하는 편이 아기도 안정감을 느끼고
위험하지도 않다는 것이 우리 산파님의 방침.

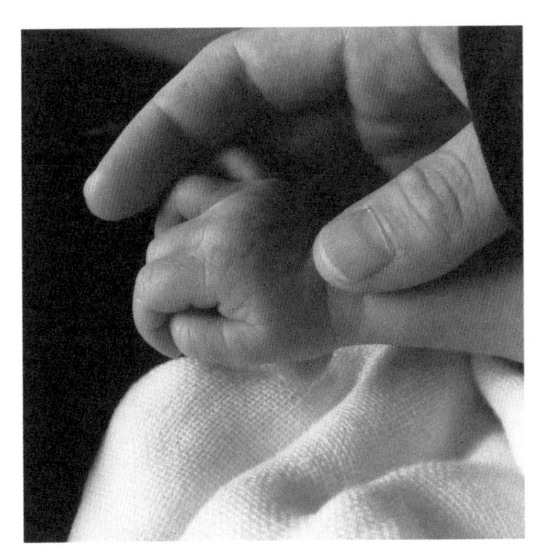

정말 자그마하네. 이렇게 사랑스러운 건 처음 봤어.

배가 고플 땐 입 모양이 어떻게 변하는지,
혓바닥을 어떻게 말고 우는지,
오른쪽으로 눕는 걸 좋아하는지 왼쪽으로 눕는 걸 좋아하는지,
보챌 때 내는 소리는 얼마나 위태롭게 카랑카랑한지.

먼 미래에 만날 너의 짝꿍도 알 수 없을
그런 아주 작고 사소한 것들을
꼼꼼히 살피고 기억하고 사랑할게.

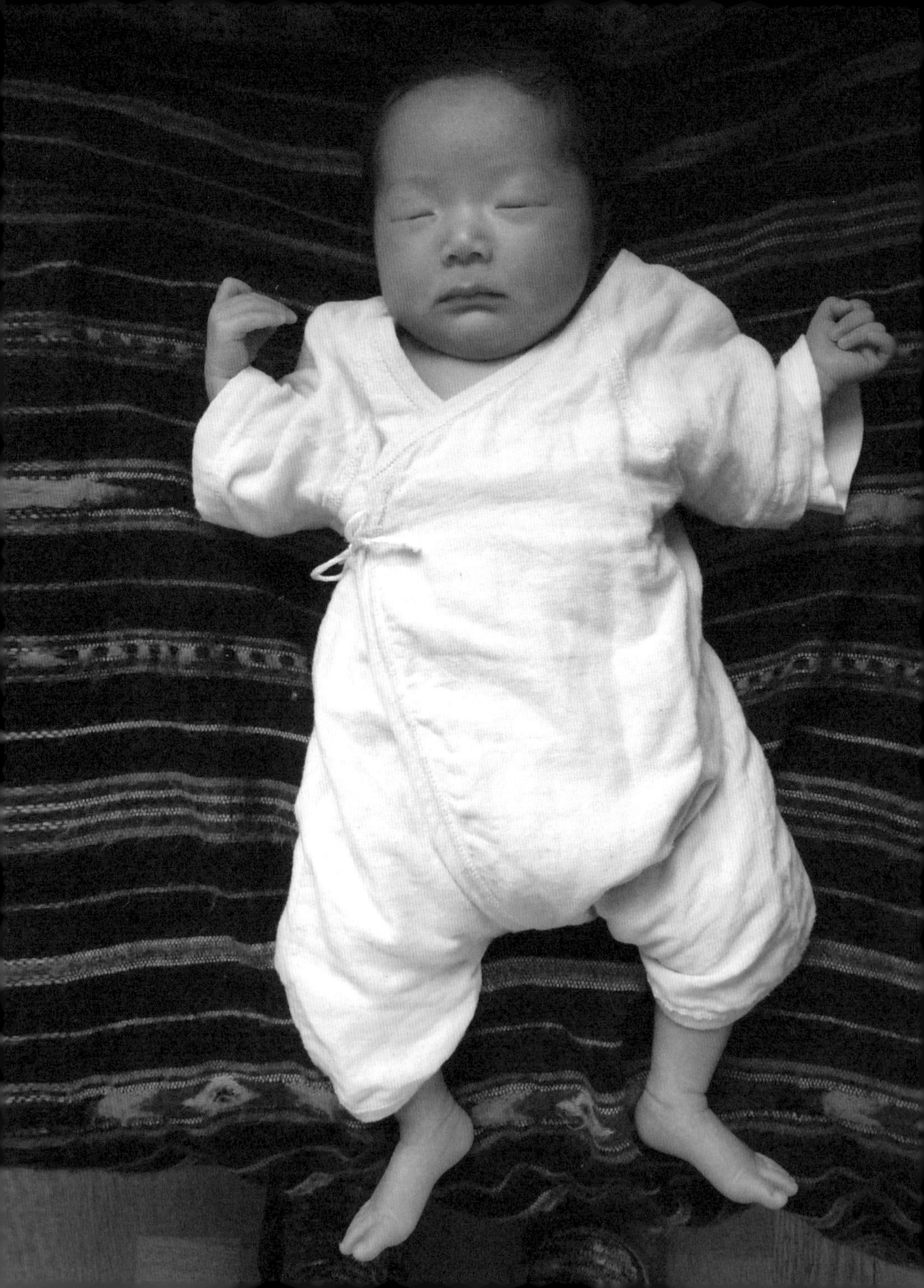

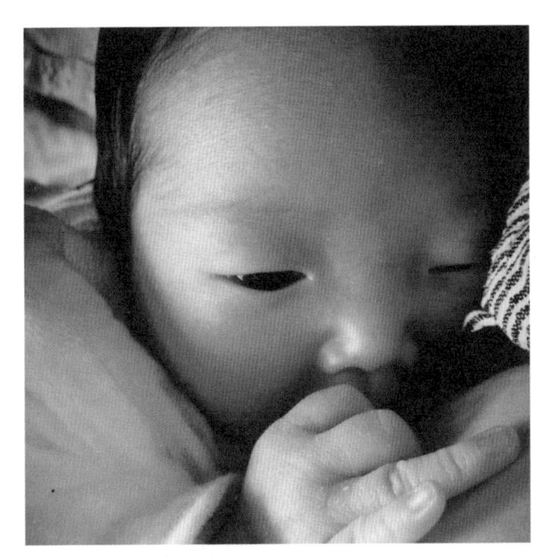

맘마 먹고 코 자고, 또 먹고 코 자고.
숨소리, 숨소리.

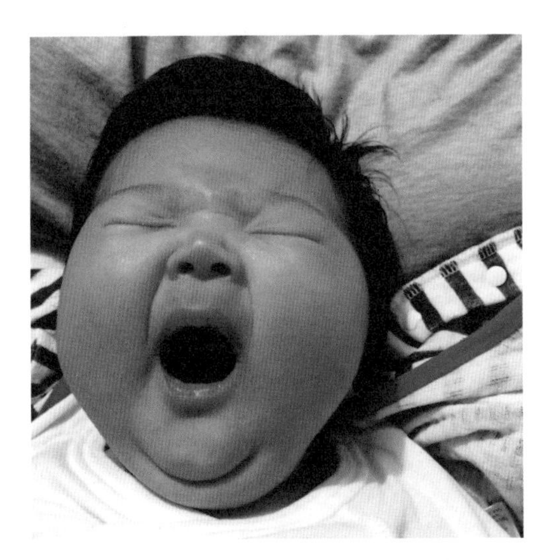

어느새 동글동글 토실토실해졌습니다.
먹은 건 맘마밖에 없는데도. 신기해.

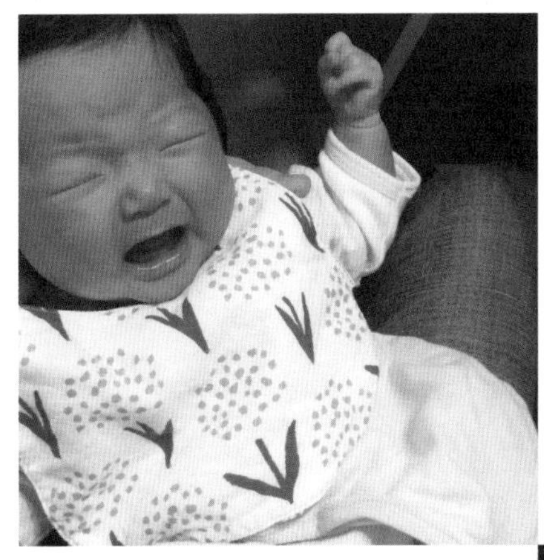

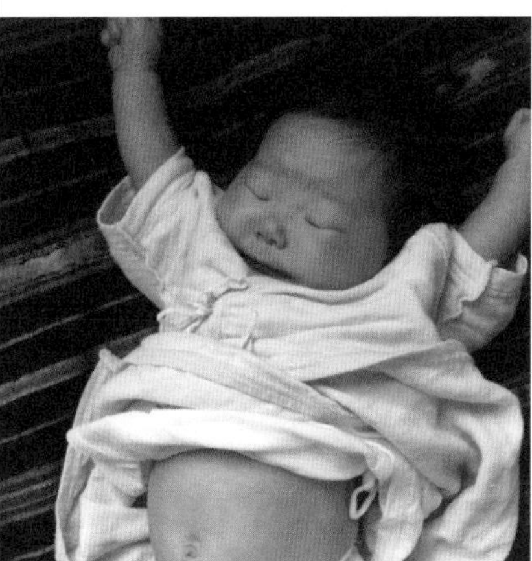

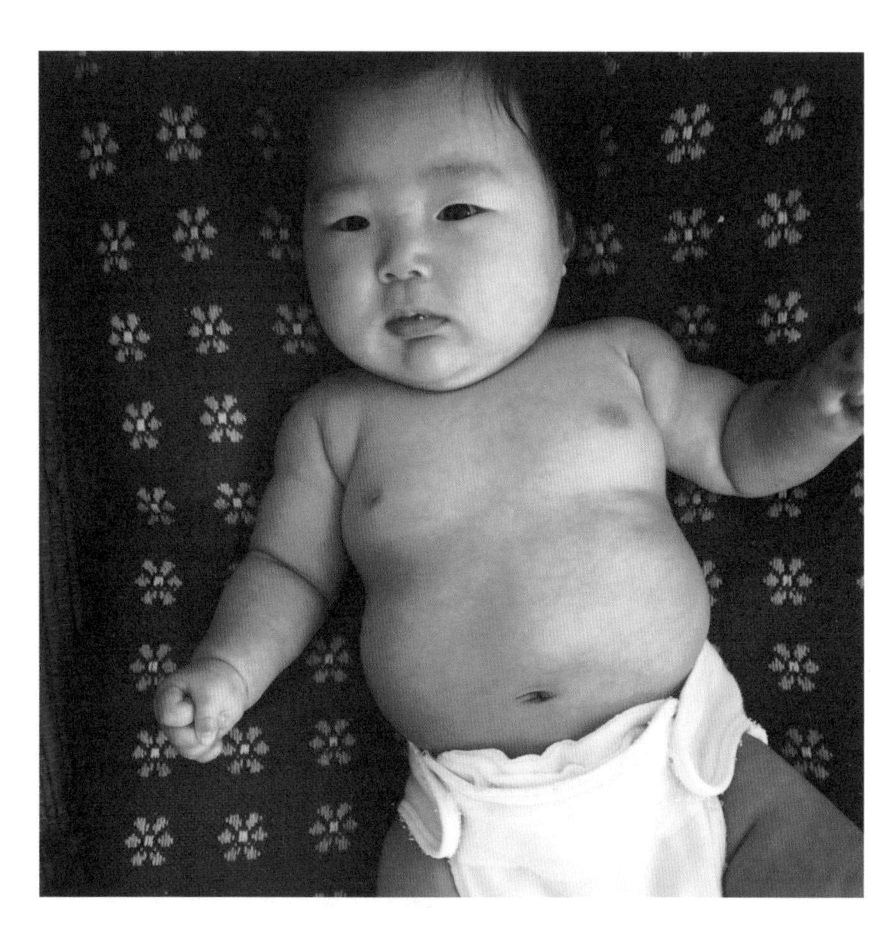

포동포동, 이 참을 수 없는 귀여움.
요모기 2개월.

어리광쟁이 요모기는 안아주지 않으면 울어버려요.
요모기도 시계 할아버지도 기분이 좋아 보이네요.

처음 보는 잔디. 초록 천지에 살짝 놀란 거니.
새싹 요모기의 파릇파릇 6개월.

매년 이맘때쯤이면 농가에서 무농약 매실을 받아 매실장아찌를 만듭니다. 하나하나 꼭지를 따서 소금을 발라 절인 뒤, 붉은 차조기[●]를 더하고 기다립니다. 8월의 날씨를 기준으로 사흘 동안 간간이 뒤집으면서 햇볕에 말립니다. 과정이 복잡해 조금 힘은 들지만 직접 만든 매실장아찌는 안심하고 먹을 수 있는 음식이면서 또 정말 맛있답니다.

매실이 많아도 너무 많았나봐요. 요모기는 그만 놀라 울어버렸습니다.

● 매실장아찌나 생강의 착색용으로 쓰이는 식물.

아기를 낳고 처음으로 간 이자카야에서 엄마는 대만족.
아쉬운 대로 무알콜 맥주였지만 맛은 최고였어요.

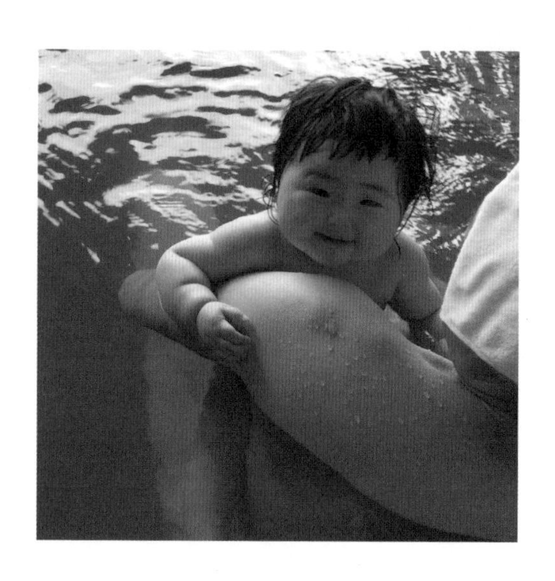

시코쓰호[•]에서 천천히, 천천히.

• 홋카이도 지토세시에 있는 호수.

시계 할아버지가 책을 읽어주셨습니다.
오후의 빛이 정말로 부드러워 하늘하늘한 시간이었습니다.

당근주스를 섞어 반죽해 찐빵을 만드는 중이에요.
빵 익어가는 냄새가 맘에 드나봐요.

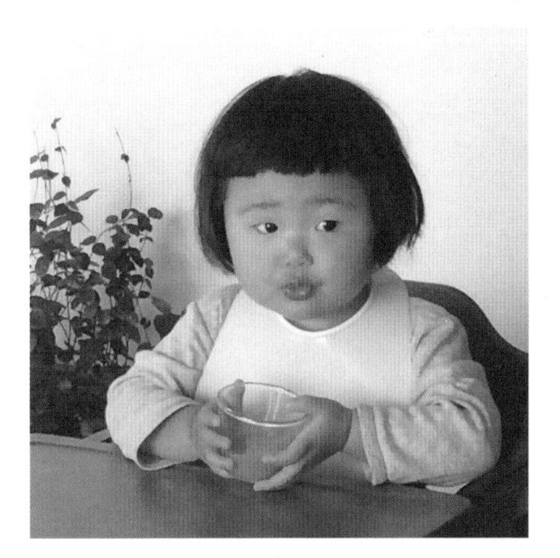

남은 주스를 얻어 마시곤 만족스러운 요모기.
200ml 주스에 당근이 두 개나 들어갔다고 하네요.
그럼 맛있을 수밖에 없죠.

앗, 딱 걸렸어!

왠지 조용하다고 느껴질 때면 늘 사고를 치고 있습니다.
이때 나도 모르게 아! 하고 소리치면 자기도 놀라서 앙앙 우네요.
혼나게 될 걸 스스로도 알고 있는 건 아닐까요?
정리는 힘들지만, 어느새 저지를 수 있을 만큼 자랐구나 싶어서
사실 엄마는 기뻤는데요.

옥수수를 필사적으로 먹는 중.
달달해서 맛있지?

달랑 수건 한 장으로 꽤 오랫동안 즐겁게 놀았습니다.
놀이의 천재!

よもぎ

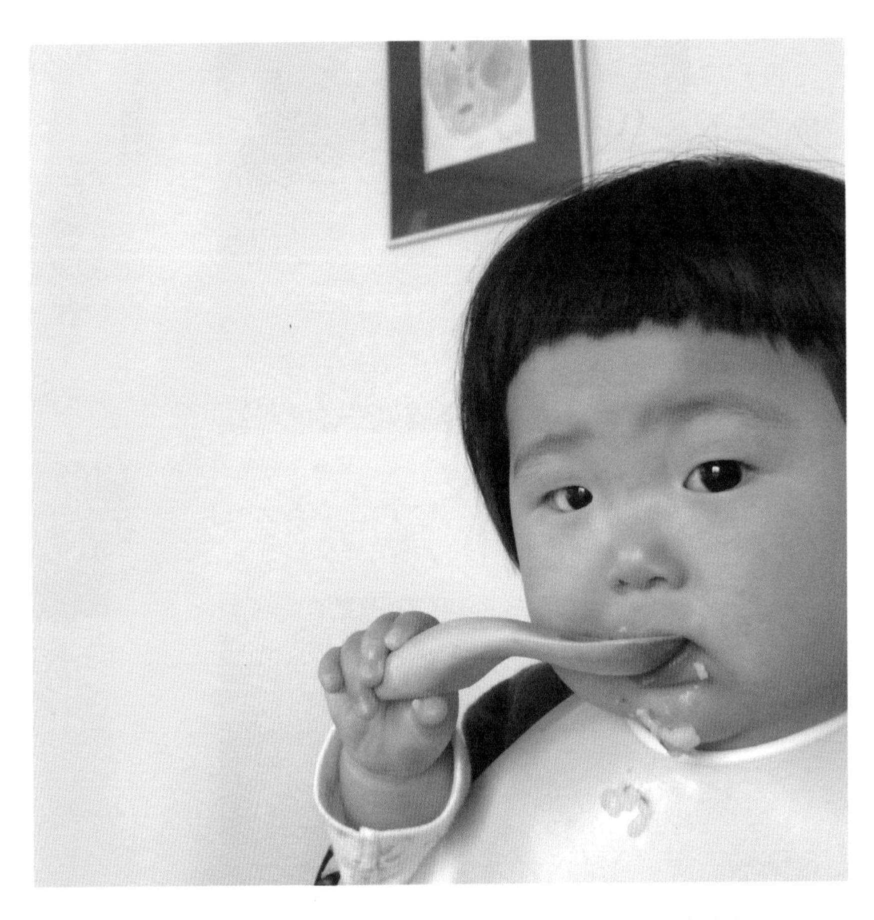

세상의 수많은 엄마들이 제 새끼 입에 들어갈 음식을 만들기 위해
불 앞에 서 있었던 시간을 생각하면 울컥 감동스럽다.

먹는 일도 대단하지만, 먹이는 일은 숭고하기까지.

더 먹고 싶은데, 잠은 쏟아지고…….

가즈 할아버지와도 조금씩 친해지기 시작했습니다.

언제나 너는 '너'이기를.

어느새 정원의 단풍잎이 새빨갛게 물들었습니다.

장난 삼매경.
좋았어, 이런이런~

地金目

요모기의 첫번째 생일을 축하하며, 멋진 '빛금눈돔' 한 마리가 도착했습니다.

일본에서는 축하할 일이 있을 때 도미를 먹는데, '축하하다'● 라는 말이 도미랑 비슷해서 유래된 의식이라고 합니다. 경험이 없어 잘못 구우면 어쩌나 걱정했는데 꼬리와 지느러미가 보기 좋게 바짝 구워져서 가슴을 쓸어내리며 안심했답니다. 우선 막소금을 살살 뿌려서 밑이 눌어붙지 않도록 했고, 또 모양이 흐트러지지 않게 하기 위해 머리와 꼬리 아래에 반으로 자른 감자를 깔아주었습니다.

● 일본어로 '축하하다'는 めでたい〔메데타이〕이고, '도미'는 〔타이〕.

이 세상엔 한 바퀴를 돌아
다시 제자리로 돌아오는 그런 것들이 많단다.

예를 들면, 시계판의 숫자 같은 것.
어느 추운 날에 떼어낸 달력의 첫 장 같은 것.
너를 기다리는 나의 마음 같은 것.

TRUCK
3323

요모기가 낮잠을 자는 동안 해야 할 일이 산더미처럼 쌓여 있는데도
자꾸만 자는 얼굴을 들여다보게 되네요.

볼록한 배가 오르락내리락.

바라보기만 해도
안 좋은 기분 따윈 모두 잊고 금세 마음이 편안해져.

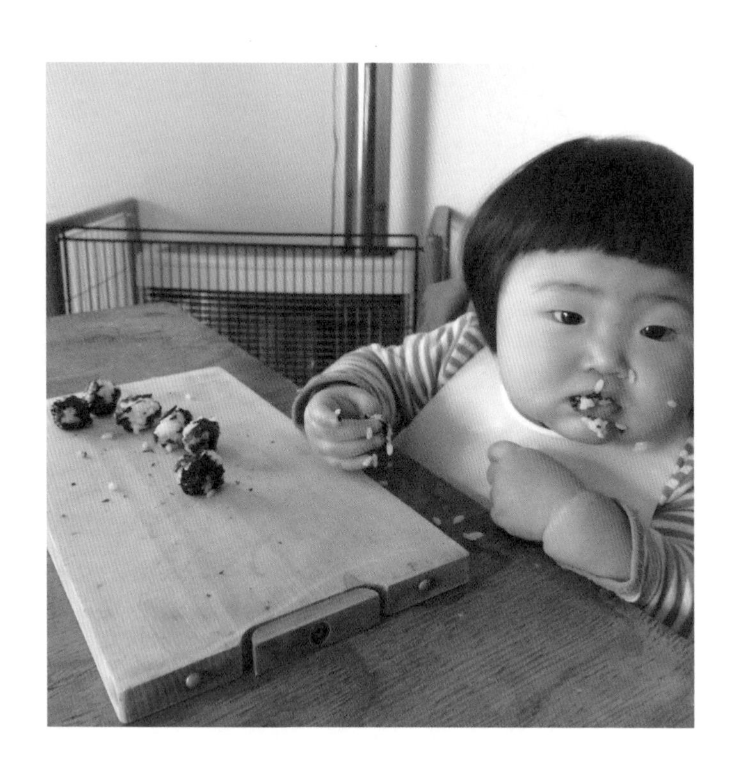

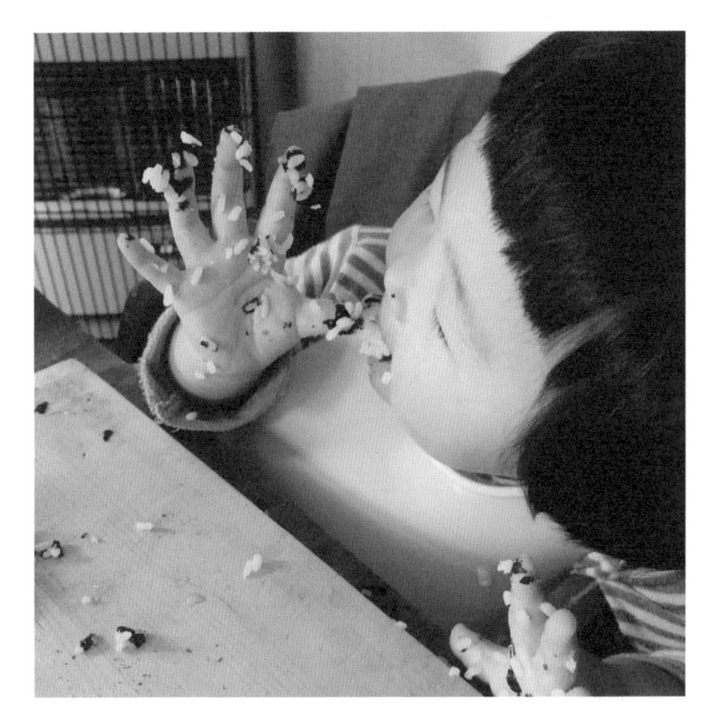

네가 어떤 것에 눈동자가 커지고
또 어떤 것에는 콧등에 주름이 접히는지에 대해 알아가는 중이야.
너에 관한 모든 것들, 너를 구성하고 있는 모든 성분들까지.

난 그 과정이 무척이나 흥미로워.

요모기를 위해 마련한 첫 생일 선물은, 엄마 아빠가 직접 만든 텐트였습니다. 설계부터 천 고르기, 재단까지 모두 둘이서 해냈어요. 봉제는 미싱을 잘하는 아빠가 맡아서 하고, 엄마는 태슬 장식 담당. 야외에서도 설치할 수 있도록 제대로 된 범포를 써서 만들었습니다. 요모기도 마음에 들어 하는 눈치. 텐트 속은 따뜻하고 조용해서 요모기의 낮잠 장소로도 딱이었습니다. 가끔 엄마도 함께 안에서 잠들어버릴 정도로…….

Color Rubber Bands

멕시코 자수가 들어간 원피스.
모토코 할머니가 만들어주신 요모기의 생일 선물.
엄마도 똑같은 원피스가 있으니 같이 입으면 커플룩이 됩니다.

일본에서는 아이의 한 살 생일 때, 한 되분의 쌀(약 1.8kg)로 만든 떡을 짊어지게 하는 풍습이 있습니다. 그걸 잇쇼모치一升餅라고 하는데, 아이가 일생●에 걸쳐 '굶지 않고 건강하기를' 바라는 마음을 담아, 한 살배기 아이의 성장을 축하하는 것입니다. 떡의 둥근 형상은 둥글둥글한 인생을 보냈으면 한다는 의미도 담고 있습니다.

●
일본어로
'잇쇼(いっしょう)'로 '인생'과
발음이 같다.

최근에는 떡집에서 사는 경우가 많아졌지만, 우리는 직접 만들어보았습니다. 붉은색과 하얀색, 두 종류의 떡을 만들고 식용 물감으로 요모기의 이름을 썼습니다. 만드는 과정도 흥미진진하고 즐거웠습니다. 완성된 떡의 무게는 약 2kg. 아직 걸음마를 하지 못하는 요모기가 떡이 무거워 울지 않을까 걱정했는데, 눈빛을 반짝이며 제대로 짊어지고 일어설 수 있었습니다. 그러더니 시선을 의식했는지 특유의 댄스까지 보여줘서 함께 자리한 친척 모두가 웃었습니다. 제 역할을 끝낸 떡은 작게 잘라 모두 나누어 먹었습니다.

요모기, 한 살이 된 걸 축하해.

1년 전 오늘. 우리 집 거실 소파에서 나는 남편에게 필사적으로 달라붙어 "괜찮아, 괜찮아" 스스로를 안심시키며 진통의 파도를 견디고 있었습니다. 해 뜰 무렵 태어난 요모기를 가슴에 안고 정신을 차린 나는 "고마워, 정말 귀엽네"라며 몇 번이고 말하고 또 말했던 것 같습니다. 소파에 앉을 때마다 그날 생각이 나서 눈물을 글썽인 지도 어느새 1년. 나는 '제대로 된 엄마'가 되었을까요?
요모기, 생일 축하해. 요모기의 엄마로 살 수 있어서 엄마는 정말 행복해. 앞으로도 잘 해나가자.

Saturday
Sunday

얼마 없는 가족사진 중 하나. 지난 1년, 엄마 아빠 모두 어떻게 어떻게 해서 여기까지 왔습니다. 고작 1년의 시간이 흘렀을 뿐인데, 요모기가 없었던 때가 언제였는지 정말 까마득하네요. 무엇보다 요모기가 건강히 무탈하게 커준 것이 정말 기뻐요.

많이 부족한 우리 두 사람이지만 매일매일 네가 가르쳐주는 게 많아서 코끝이 시큰해질 때가 많아. 하루하루 너를 통해 배우는 것들이 이렇게나 많을 줄은…….

요모기가 우리 두 사람을 더더더 사람답게 해주네요.

좀 유난하다 싶어 보이겠지만 반년 전부터 엄마는 요모기의 첫 생일 케이크는 어떤 식으로 만들지 계속 생각해왔답니다. 이유식은 천천히, 순조롭게 진행중이었지만 단것은 아직 시도해보지 않았거든요. 아이의 위장은 만 3세까지 미숙하다고 책에서 읽었기 때문에 안심하고 먹일 수 있는 케이크는 뭐가 좋을지 고민했던 겁니다.
쌀가루로 만든 팬케이크와 딸기, 블루베리 그리고 두부 크림의 조합이면 어떨까 생각했습니다. 두부 크림은 정말 간단히 만들 수 있는데다 소화에도 부담이 없고 맛있기 때문에 어울릴 것 같았습니다. 두부 크림 만드는 법을 간단히 소개하자면, 수분을 뺀 두부 한 모와 레몬즙 한 스푼 그리고 크림치즈 한 스푼을 푸드 프로세서에 넣고 부드러워질 때까지 섞습니다. 여기에 메이플 시럽을 취향대로 넣으면, 완성입니다.

요모기는 케이크를 보고는 놀라 기뻐하더니 흠뻑 빠져서 와구와구 먹었습니다. 오늘만큼은 마음껏 엉망이 되어도 좋으니 원하는 대로 먹었으면 하는 생각에 옆에서 가만히 지켜보면서 살짝 잡아주기만 했는데, 아빠도 엄마도 금세 크림 범벅이 되어버렸어요. 요모기가 정말로 즐기는 표정이라 얼굴에 묻은 크림 따윈 전혀 문제가 되지 않았지만요.

가즈 할아버지가 주신 한 살 생일 선물은
나무로 만든 소꿉놀이 세트였습니다.
구운 생선과 계란말이, 된장국, 흰쌀밥에 낫토까지,
한 살림 제대로 장만했네요.

몇 살이에요?
한 짤!

가즈 할아버지와 모토코 할머니가 주신 목마.

드디어 탈 수 있게 되었어요.

음악이 너무 좋아요. 혼자 전원을 켜서 재생 버튼을 누르면 뮤직 스타트! 엄마 아빠도 음악을 정말 좋아해요. 요모기에게는 되도록 다양한 장르의 멋진 음악을 들려주고 싶어요. 요모기는 요즘 레게와 테크노에 흠뻑 빠져 있어서 음악을 틀어주면 허리를 요리조리 흔들고 손뼉을 치며 신나게 춤을 춘답니다. 언젠가 낮에 하는 라이브 공연에도 함께 갔으면 좋겠다 싶어 벌써 기대가 됩니다.

둠칫둠칫 두둠칫.

곤히 자는 얼굴을 가만히 바라보고 있으면
아무리 힘들어도, 아무리 짜증이 나도,
따뜻한 기분이 들어서 마음이 온화해져.

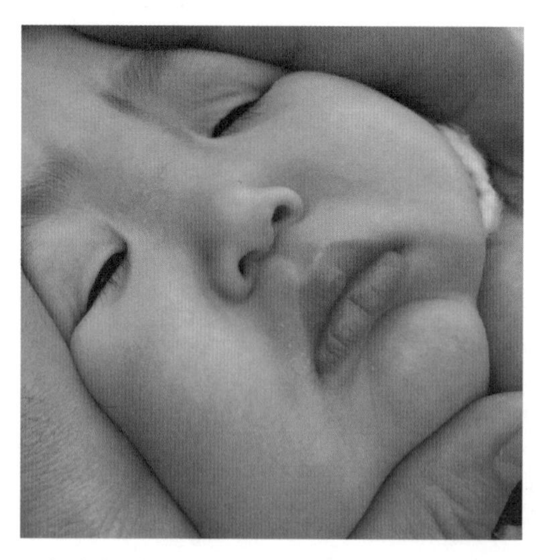

이 사람, 잠들면 뭘 해도 도통 일어나질 않네요.

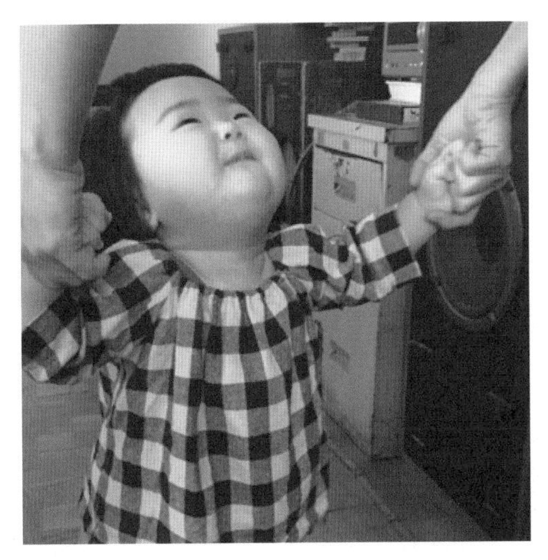

엄마와 함께 걸음마 연습.
빨리 함께 손잡고 산책하러 가고 싶어. 영차, 영차.

어느샌가 2초 정도 혼자 서 있을 수 있게 되었지만……
부끄러운지 별로 보여주려 하지 않아서, 좀처럼 사진도 찍지 못했어요.
그래도 다 기억하고 있을게.

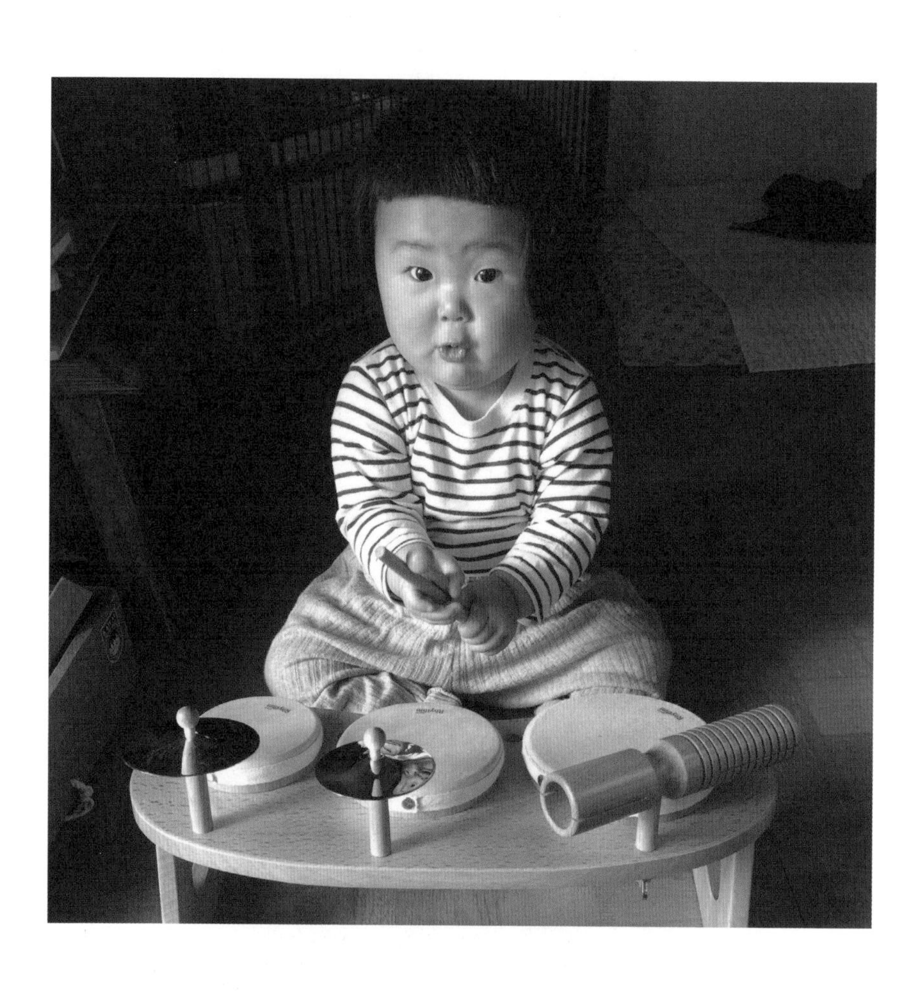

드디어 인내심이 필요한 때가 와버렸습니다.

"엄마~~ 같이 놀자~~"
"엄마 지금 맘마 만들고 있으니까 조금만 기다리자."
"엄마~~"

힘들 때도 분명 있지만 누군가가 나를 필요로 한다는 건
정말 행복한 거니까. 행복한 비명, 맞아요.

다마코● 만들기 재미있어.
가즈 할아버지 집에서 신나게 떠들며 식사.
미나리가 듬뿍 들어간 다마코국 너무 좋아요.

● 아키타현의 향토 요리로,
멥쌀밥을 찧어
지름 3cm 정도로
둥글게 빚은 것.

돌아봤더니 요괴로 변신.
거짓말처럼 저 혼자 옷을 가져와서 입었답니다.
엄마를 웃기려고 재미난 일들을 시도하는 걸까요.

잠버릇이 엄청나다. 오늘도 힘이 넘치네.

이제 의자에도 올라갈 수 있게 되어 눈을 뗄 수가 없습니다.
아빠는 늘 옆에서 스탠바이중.
오늘도 하루종일 올라가고 싶어해서 난리 난리.

아무리 정리해놔도 또 마구 어지럽히고.
이 미소는 뭐지? 용서하고 싶어지네. 좋았어. 더 어질러봐.

월계수에 크리스마스 장식을 조금 했어요.
요모기가 더 크면 크리스마스 트리를 멋지게 만들어서 놀라게 해주려고요.
메리메리 크리스마스!!

마이타마●. 이것만큼은 매년 거르지 않고 장식하고 있었는데 갑자기 나 어렸을 때 우리 엄마와 함께 장식했던 일들이 떠올랐어. 모나카처럼 맛있어 보여서 먹고 싶어했던 것도 기억났어.

너도 먹고 싶니?

●

1월 15일경 혹은 2월 초, 작은 떡이나 경단을 꽃처럼 만들어 나뭇가지에 장식하는 것.

똥똥한 가가미모치● 완성.
예쁘게 장식하려고 고사리도 준비했는데 깜빡했네.
하지만 뭐, 성의가 중요한 거니까.

● 둥근 모양의 떡을
쌓아올린 일본 음식으로,
정월이면 신불에 바친다.

밖에 나가고 싶다며 신발을 가지고 왔네요.
"오늘은 비가 와서 나갈 수 없어."

그러면 시위를 시작하는 요모기 때문에 난리법석이 됩니다.
엄마는 그저 다치지 않도록 조심조심, 안정이 될 때까지 지켜볼 뿐이에요.
본인은 세상 둘도 없이 심각하겠지만
내심 그런 일로 이렇게 날뛰고 우는 것이 나는 무척 재미있네요.

키가 크면서 다니는 범위도 넓어졌습니다. 위험하거나 만지지 않았으면 하는 것들은 점점 높은 곳에 두기 시작. 의자도 현관이나 부엌으로 피난시켜두는 바람에 아마 요즘이 우리 집 역사상 가장 엉망인 상태가 아닐까 싶습니다. 조금씩 엄마가 말하는 걸 알아듣기 시작한 것 같아 조금만 더 고생하면 될 것 같지만요.

이야, 목욕물이 좋구나.
(실은 엄마가 저기 요모기의 뒤에 몰래 숨어 있답니다.)

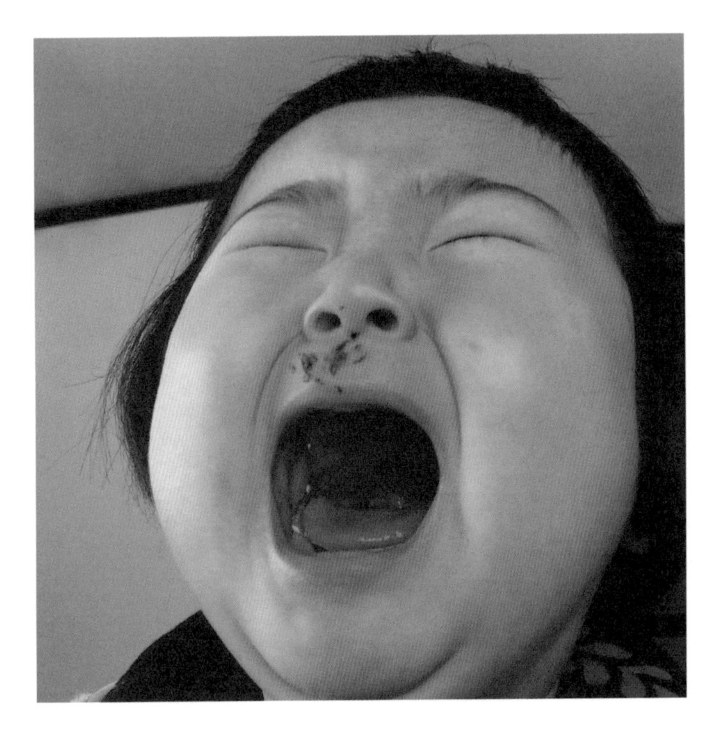

엄마 화장품으로 장난을 치더니 콧수염이.
빼앗었더니 울고 있는 사람.

여러 가지 일에 흥미가 있는 요모기 씨.
나란히 서서 부엌의 세계를 보여주면 정말 기뻐합니다.

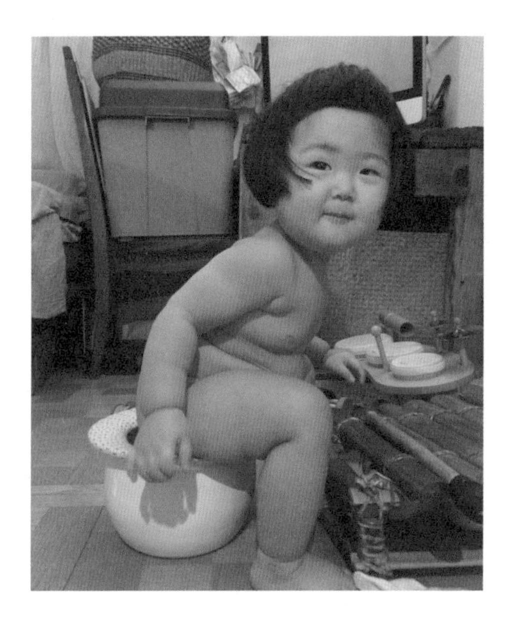

처음으로 변기 사용 성공!
해냈어!

요모기가 가장 아끼는 인형 메루짱은
물에 들어가거나 목욕을 하면 머리카락 색이 변합니다.

메루짱 정말 좋아!

처음으로 엄마 돕기.
양파 껍질 까기, 살짝 매워하더니 잘 해냈습니다.
고마워.

자신의 전자피아노 연주 실력에 대만족!
소리 나는 게 좋아요.

모토코 할머니네 집. 편안하고 느긋합니다.
매일매일이 기쁜 날이야. 그렇지?

모토코 할머니네서 아침식사. 메뉴는 감자와 블루치즈 그라탱, 무화과 호두 샐러드, 잉글리시 머핀, 베이글, 자몽…….
요모기 씨는 어느새 '싫어싫어기'●가 시작된 건지 아무것도 아닌 일에 갑자기 엎어져서 울고 화를 낸답니다.

● 뭐든 싫다고 반항하는 시기. 우리나라로 치면 '미운 네 살' 정도로 번역.

어떨 땐 그저 일에 열중하고 있는 평범한 아저씨로도 보인다는 게
요모기의 대단한 점이지.

사랑한다구, 이 아저씨야.

바닥을 닦는 막대걸레를 잡더니 독특한 포즈로 일어나네요.
왜 그렇게 진지해야 해?

깜찍한 모자도 선물 받았습니다. 엄마 친구가 직접 실로 짠 거예요.
요모기에게 어울릴 만한 걸 고민하고 만드느라 마음을 썼네요.
고마워. 요모기도 마음에 든 것 같아.

이불 속에서 따뜻하게 뒹굴거린 아침.
오늘도 눈이 많이 내리고 기온은 영하로 내려간 홋카이도.
지은 지 63년이나 되었다는 우리 집.
역시나 이불 밖은 위험해!

책상 모서리를 사각사각.
춤을 추다가 갑자기 이로 긁기 시작하는 요모기. 잇몸이 가려워?

아, 내가 강아지를 낳았네요.

엄마한테 오고 싶어서 돌진중인 건 알겠는데,
얼굴이 안 빠져?!

DAYE BENSA
SINGER
Vestax

요모기가 타박타박 걷는구나 싶기가 무섭게 어느새 조금씩 달리기도 하네요. 엄마가 된 지도 1년 반. 요즘에는 조금 여유가 생겨서 요모기의 옷을 만들기도 하고 나의 일에 대해서도 차분히 생각해보곤 합니다.
원래도 빡빡한 성격이었던 탓인지 한 가지에 집중할 수 없는 상황이 종종 힘들 때도 있습니다. 24시간 365일, 밥을 짓고, 아이와 놀아주고, 기저귀를 갈아주고, 수유하고, 아이를 재우는 일상. 내 상황에 맞게 조절할 수 없는 스케줄. 바쁠 때도, 몸이 안 좋을 때도, 슬플 때도 웃는 얼굴로 지내야 하는 엄마라는 일.
엄마도 사람이라 솔직히 힘들 때도 있지만 이런 매일의 반복 속에서 위안을 받기도 합니다. 딸아이가 함박웃음을 짓고 있으면 엄마 아빠가 늘 웃고 있어서 그런가보다 자화자찬하면서 더 긍정적으로 매일을 맞이하고자 합니다. 이런 일 저런 일 전부를 겪으며 부모가 되는 것이구나 생각하기도 하고요. 나의 우는소리나 걱정을 모두 받아주는 남편 다케시 군에게 감사하면서, 내일도 활짝 웃으며 힘을 내보려고 합니다.

이 세상 모든 엄마들에게 존경과 사랑을 담아.

모든 아이들이 다 그런가요. 요모기는 목욕을 정말 좋아해요. 아빠가 목욕하자고 하기만 하면 흥분해서 스스로 옷을 벗으려고 합니다. 그러고는 욕조에 들어가 어깨까지 몸을 담그고는 아저씨처럼 외친답니다.

"시원~하다!"

단어 몇 개가 모여 점점 문장이 되어가고 있어요.

응가, 나와떠.
토마토, 마싯쪄.
엄마, 아이 예쁘다.
핑크, 귀여워.

오늘도 일찍 일어나신 요모기 공주님. 엄마가 소파에서 꾸벅꾸벅 졸고 있는 사이, 숨겨둔 화장품 파우치를 발견하곤 사고 치기 시작. 풀메이크업을 해버렸네요.

으악~~~!

잘하는 편은 아니지만 부엌일을 좋아합니다. 나는 우리집의 요리 담당이니까 되도록 '우리가 뭘 먹고 있는지'를 의식하고자 노력하고 있습니다. 물론 적당히 넘어가는 부분도 있지만요.
가끔 외식도 하고 인스턴트 식품의 도움을 받을 때도 있지만, 그럴 때면 조금이라도 찜찜한 기분을 가지는 게 중요하다고 생각합니다. 십대 때 나의 식생활은 엉망진창이었습니다. 그러다 어느 날 혼자서 다시마와 가다랑어포를 우려 된장국을 만들어보았는데, 맛있다는 생각이 전혀 들지 않았습니다. 뭔가 부족하다는 느낌뿐이었어요.
그때, 제 입맛이 이상해졌다는 것을 깨달았습니다. 그후로 조금씩 화학조미료를 줄이면서 입맛을 고쳐나갔습니다. 지금은 완전히 미각을 되찾아서 첨가물의 맛을 금세 알아차릴 수 있게 되었습니다. 자신의 현재 미각을 확인해보고 싶다면, 직접 국물을 우려 된장국을 만들어보세요.
기초조미료를 주의해야 합니다. 모처럼 애정을 담아 만든 요리가 합성첨가물이 들어간 편의점 도시락과 다를 바 없다면 안 되니까요.
조금 진지한 이야기가 되어버렸지만 가족의 건강은 말하나마나 최고로 중요하잖아요. 게다가 맛있게 먹으며 웃는 그 얼굴들을 보고 싶으니까.

오늘도 엄마는 부엌에 서 있답니다.

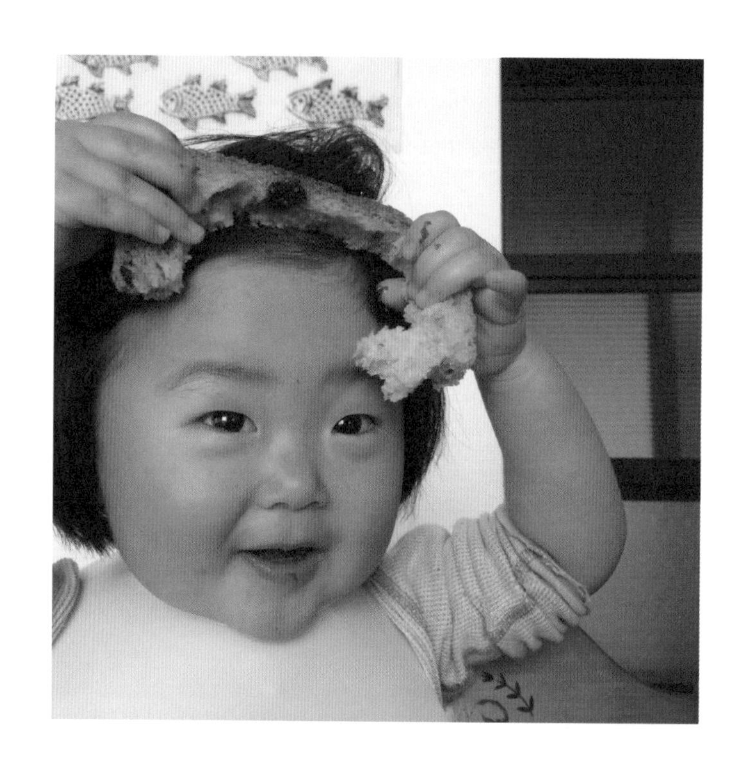

엄마가 구운 맛있는 빵을 먹고 만족했네요.

엄마표 스콘을 먹고는 기분이 좋은 모양이에요.

메루짱 멀미하겠어요.
재웠다가…… 목욕을 시켰다가…….

메루짱의 작은 엄마는 정말 바빠요!

우리 집 마당에서 점심으로 바비큐.
모처럼 소풍 기분.

무슨 꿈이 찾아왔니?

부엌에서 엄마를 도와주는 척하지만 실제는 맘껏 즐기는.
뭐가 그렇게 좋아?

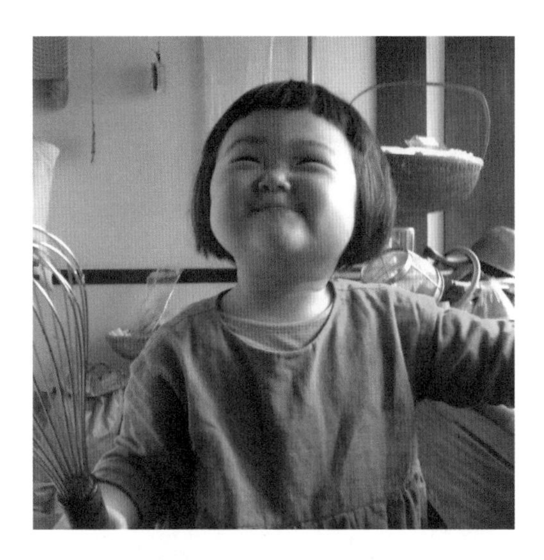

바나나 케이크를 꺼내놓자마자
아, 너무 좋아!

헤어밴드나 모자를 씌워주면 좋아합니다.
나중에 크면 멋 좀 부리시려나.

작은 엄마는,
곰인형 구마키치에게 잊지 않고 기저귀를 챙겨주네요.

오늘 엄마는 무화과 타르트를 만들고 있습니다.

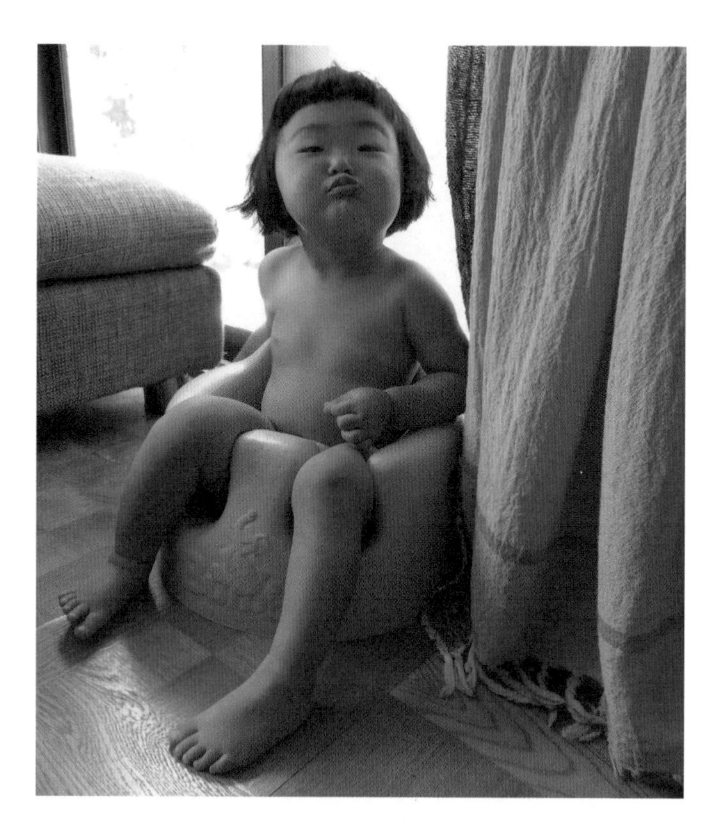

언제까지 이 아기 의자에 앉을 수 있을까.
점점 자라고 있어.

낮잠을 자고 일어났으니 기분이 좋아질 거예요.

너를 낳아서 너를 만나고
너를 만나서 사랑을 해.

청매실 시럽은 시게 할아버지가 만들어주신 것만 남아 있고 우리 집엔 당장 매실장아찌뿐. 그래서 올해는 매실 12kg에 도전합니다. 상처가 난 매실은 레몬을 섞어 효소 시럽으로 만들어볼까 싶어요. 아직 색깔이 조금 푸르니까 내일까지는 익히는 것으로. 완벽하게 익어야 껍질이 보드라워지니까, 아슬아슬할 때까지 익혀야지.
오늘과 내일은 집 안에 매실 향기가 가득찰 것 같습니다.

참 사랑스러운 색이죠? 요모기가 낮잠을 자는 동안 엄청 서둘러 작업했어요. 작년에는 아이를 업은 채로 작업을 했기 때문에 온몸에 근육통이 생겼지만, 올해는 아이와 둘이서 나란히 앉아 수다를 떨거나 노래를 부르면서 느긋하게 작업했습니다. 요모기가 장난을 칠 때면 "이 녀석!" 하고 소리를 지르기도 했지만, 1년 만에 꽤나 의젓해진, 눈부신 성장에 감동해 버렸습니다. 내년에는 더 많은 걸 함께할 수 있겠죠.
청매실 시럽과 효소 시럽 외에도 제철 시럽과 잼, 소스, 절임 같은 걸 매일 조금씩 만들고 있습니다. 보존식품이란 건 있으면 있을수록 참 안심이 된답니다.

얼굴에 표정이 한가득 올라오는 사람.
정말 맛있는 걸 먹으면 얼굴이 금방 구겨지는 사람.
사랑을 신호할 줄 아는 사람.

엄마표 미용실 개장!

앗! 앞머리가 비뚤어졌네.

역시 넌 부엌을 굉장히 좋아하는 것 같아.

버리려고 내다놓은 것들을 죄다 끌고 와서 바닥에 풀어헤쳐놓는다거나,
설거지 거품을 부드럽게 만져본다거나.

언제 혼날지 모르니 엄마의 눈치를 보면서.

너 거기서 뭐해?

머리 위에 행주를 올리고는 멍하니 있습니다.
계속 보고만 있어도 질리지 않는 재미난 사람이네요.

가짜 울음 실력도 나날이 발전중.

오늘 오전 10시의 간식은 고나쓰•.
고나쓰는 속껍질까지 맛있어.

• 미야자키현 특산 귤.

나는 너의 내일이 궁금해.
너와 연결된 나의 내일도 궁금해.

이 세상 모든 것에 의심이 들어도
의심하고 싶지 않은 단 하나.

오전에 함께 장을 보러 나갔다 왔는데도 또 밖에 나가고 싶다며 보채네요. 그 두번째 산책길에서 이웃집 울타리에 불쑥 요모기의 모자가 걸려 있는 것을 발견했어요. 깜빡하고 떨어뜨렸던 모양. 전부터 계속 걸려 있었다는데 저는 전혀 알아차리지 못했어요. 그런데 이웃분이 그새 세탁까지 해서 걸어두셨네요. 덕분에 정말 기분좋은 산책이 되었어요.

처음으로 함께 요리했습니다.
달걀 깨보기 첫 도전. 대실패였지만 나름 열심이었네요.

내가 만든 건지 뭔지 일단,
엄청 맛있었어.

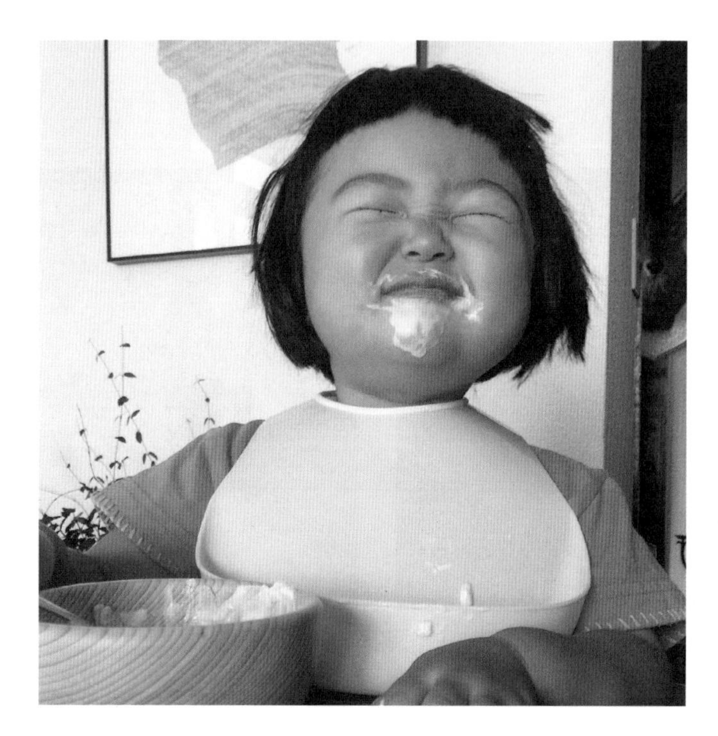

안녕하세요~구르트!

붉은 차조기를 살피고 있는 걸까 싶었는데,
먹고 있어!

오늘은 엄마의 생일. 저녁 메뉴는 스시, 펜로 전골● 그리고 샐러드. 배가 너무 불러서 케이크는 내일을 위해 남겨두기로. 고마워 고마워 고마워.

나에겐, 니가 선물.

● 배추와 닭고기나 돼지고기를 표고버섯 육수로 익힌 뒤 소금간 해서 먹는 전골요리.

시계 소리, 새소리, 깜빡 졸기.
예쁘게 자렴. 자고 나면 더 예쁠 거야.

넌 무얼 차려주어도 잘 먹어.
만약 내가 너의 엄마가 아니었다면?

상상하기도 싫어.

'아이누 모시리 1만 년 축제'[●]가 올해도 어김없이 돌아왔습니다. 당분간 비가 올 거라고 해서 망설였는데 갑자기 가기로 결정하고 부리나케 준비를. 역시 오길 잘했어, 하면서 여유를 즐겼습니다. 비는 계속 왔지만 자연의 힘을 느끼면서 좋은 기운도 받았습니다.

● 아이누족의 전통문화를 체험할 수 있는 캠프.

요모기는 캠프와 여행을 갈 때마다 급성장하는 느낌이에요. 머리가 덥수룩한 남자 어른을 어려워하던 낯가림도 거의 없어졌어요. 진흙투성이가 되어 논 보람이 있었는지 캠프를 다녀온 며칠 사이 꽤나 씩씩해졌답니다.

요모기를 보고 있노라면, 다케시 군을 처음 만났던 때가 가끔 떠오릅니다. 지인이 운영하는 식당에서 일하던 시절, 식당 주인의 지인이었던 다케시 군이 가게에 오면서 우린 처음 알게 되었습니다. 그때는 별로 말을 섞진 않았지만, 비슷한 취미를 가진 걸 알고 좋은 친구가 되겠구나 하는 생각이 들었지요.
그러던 어느 날, 함께 밥을 먹자며 연락이 왔습니다. 왠지 잘 맞을 것 같다고 생각하고 있던 터라, 망설임 없이 어느 이자카야에서 그를 만났습니다. 기분좋게 술을 마시고 음악과 예술, 좋아하는 음식과 앞으로 살면서 하고 싶은 일들에 대해 이야기를 나누었습니다. 처음으로 둘이서만 보낸 시간이었는데, 신기하게도 너무 마음이 편해서 도중에 잠깐 졸았을 정도였죠.
어느새 서로를 알아가면서 우리는 점차 끌리게 되었습니다. 특히 이때 도움이 되었던 것이 있었는데, 그것은 바로 편지였습니다. 만나는 동안 다 말하지 못한 자신의 취향, 살아오면서 자연스레 생긴 사소한 습관, 좋아하는 것들을 편지에 적어내려가기 시작했습니다. 편지를 읽고 답장을 주고 받으면서 서로에 대해 더 잘 이해하게 된 것인지도 모르겠네요.

하루는 다케시 군이 지인들과 이야기를 나누며 솜씨 좋게 캠핑 준비를 하고 있었습니다. 그 모습을 보는데 문득, 이 사람이 내 남편이었으면 좋겠다는 생각이 들었습니다. 그때 자연스레 머릿속에는 백발이 된 우리 두 사람의 행복한 모습이 그려지기 시작했습니다. 그때 이 사람이다, 이 사람을 놓치면 안 된다 싶었던 거죠. 놀랍게도 다케시 군도 같은 느낌이었는지 그날 밤, 덜컥 프러포즈를 받았습니다.

그러니까, 첫 데이트로부터 3개월이 지난 후의 일이었습니다.

오늘도 비가 왔어요. 어젯밤 요모기를 재우면서 엄마도 함께 잠들었는데 일어나보니 다케시 군은 이미 출근을 해버렸습니다. 차와 도시락, 아침 커피, 그 무엇 하나 챙겨주지 못했네요.

엄마는 매일 밤 커피콩을 볶는답니다. 수망배전으로 콩이 볶아지는 20분 전후의 시간 동안 쉬지 않고 무거운 망을 흔들어야 합니다. 조금씩 근육통이 느껴지긴 해도 정말로 즐거워요. 이 시시하고도 느려터진 작업을 10년 정도 해왔지만 전혀 질리지가 않네요. 오더메이드 방식이다보니 마치 지인에게 편지를 쓰는 느낌으로 신선한 향이 가득한 커피콩을 만들어가고 있습니다. 매번 선물을 열어보는 것처럼, 작업하는 내내 가슴이 두근두근. 천직이란 건 바로 이런 걸까 싶답니다.

다케시 군 덕분에 오늘 '다치바나 커피'엔 텐트가 쳐졌습니다. 손님들을 위해 준비한 건 따뜻한 오늘의 커피 세 종류와 시금치 시폰케이크, 재료가 듬뿍 들어간 쿠키, 바나나 케이크, 캐러멜넛츠 타르트 그리고 어른들을 위한 파운드케이크, 캐럽 감귤 브라우니……. 와!

아오모리에서 통통한 옥수수를 한가득 보내주었습니다. 아, 달달해! 요모기의 도시락을 쌀 때도 유용하기 때문에 정말 기분이 좋았습니다. 오늘밤엔 옥수수밥을 만들어볼까.
그래서, 저녁 메뉴는 배추와 돼지고기 전골 그리고 옥수수밥. 밑반찬이라도 좀 있었으면 하는 소리를 들을지도 모르지만…… 주말의 피로가 풀리질 않아서 오늘은 이 정도로만 하기로. 옥수수밥은 백미와 찹쌀을 2:1의 비율로 해보았습니다. 밥과 전골뿐이었지만 누룽지도 딱 좋게 되어서 엄청 맛있게 잘 먹었습니다.

KANGYO

TEENAGE MUTANT NINJA
KANGYO

엄청 진지한 표정.
그녀는 지금 영화를 시청하고 있습니다.

이른 아침부터 요모기의 잔소리를 들으며 텐트를 치기 시작. 다케시 군이 시행착오 끝에 텐트 두 개에 큰 방수 시트를 씌워 꽤나 안락한 공간이 꾸며졌습니다. 여러모로 최고였어요.
이번 왁카마쓰리[●]에서 기타 판다[●●]도 보고, 요모기와 몇 달밖에 차이 나지 않는 친구를 만나기도 하고, 별이 가득한 하늘을 올려다보며 마음이 깨끗해지기도 했습니다.
요모기는 사람을 잘 따르는 성격이라 모르는 언니의 손을 잡아끌고는 이리저리 데리고 다녔습니다. 그런 피해자가 10명 정도 속출했는데, 모두들 방글방글 웃으며 함께 놀아줘서 정말 고마웠습니다. 잔디밭을 누군가와 걷고 싶어했던 건 알겠는데, 어찌됐든 모두의 체력을 빼앗아버렸네요. 엄마 아빠도 쫓아다니면서, 죄송해요, 감사합니다를 연발했고, 오늘은 "저기 재밌는 거 있으니까 가보자" 같은 말을 계속해서 다른 곳으로 시선을 유도하다보니 진이 다 빠졌어요. 조금은 낯을 가리는 게 오히려 더 편하지 않을까 싶어 가족회의가 열릴 정도였습니다. 정말이지 사람을 잘 따르는 것도 큰일이네요.

●
기타미 지역의 지역 축제.

●●
판다옷을 입고 라이브를 하는 아티스트.

DCM
BRAND

우리 집에 놀러온 엄마 친구. 이제 돌아갈 시간이 되었습니다.
헤어지는 게 슬퍼서 대성통곡을 하는 요모기.
정이 들어버렸어요. 엄마도 짠해요.

요즘 좋아하는 곳.
엄마가 식사를 준비하는 동안에는 대부분 저기에 있습니다.

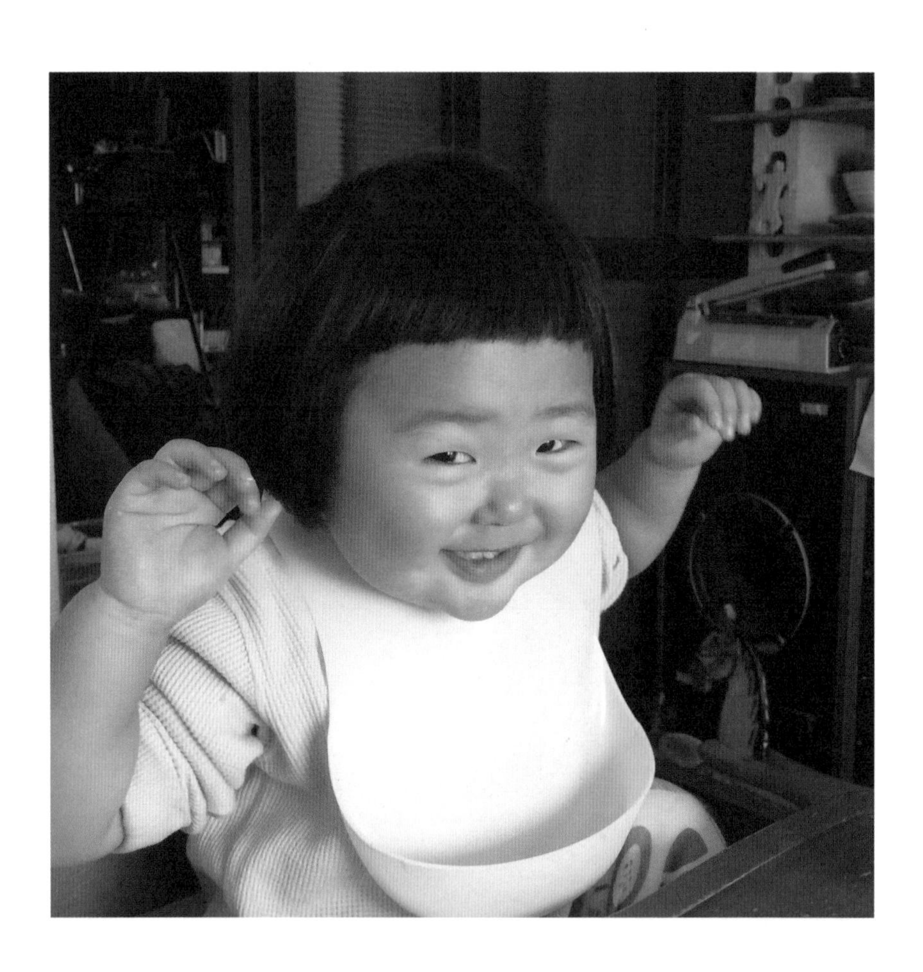

짜잔~
난 어떤 상황에서도 즐거울 수 있다고요.

자주 가는 가게에 갔다오기까지 몇 군데 포인트가 있습니다.
주저앉는 곳, 벽에 착 달라붙는 곳, 꽃을 만지는 곳.
여기도 그런 곳 중 하나인데, 늘 갈라진 바닥 모양을 자세히 체크하고는 고개를 끄덕입니다.
무슨 의미인지는 몰라도 맘에 들어 하는 눈치예요.

시간이 아주 많았으면 좋겠어.
무한대였으면 좋겠어.

힘차게 철봉 매달리기.
아니, 힘차게 철봉 잡기.

요즘 자주 밤중에 울면서 깹니다. 괜찮아 괜찮아, 엄마 여기 있어. 꼬옥 안아주면 안심하고 다시 잠듭니다. 계속 밤에 두세 번 정도 울면서 깰 때마다 목이 마른 걸까 생각했었는데, 무서운 꿈을 꾸었거나 눈을 떴는데 깜깜한 게 무서웠던 거였어요. 낮에는 자다 깨도 잘 울지 않거든요. 그렇게 낮과 밤을 알아가겠지요. 이제는 아이가 말로 표현할 수 있는 게 늘어나고 있어서 엄마도 새롭게 알게 되고 새롭게 느끼는 것이 많네요.

메루짱을 데려와 바지춤에 넣어달라더니,
어부바해주고 싶었던 거예요.

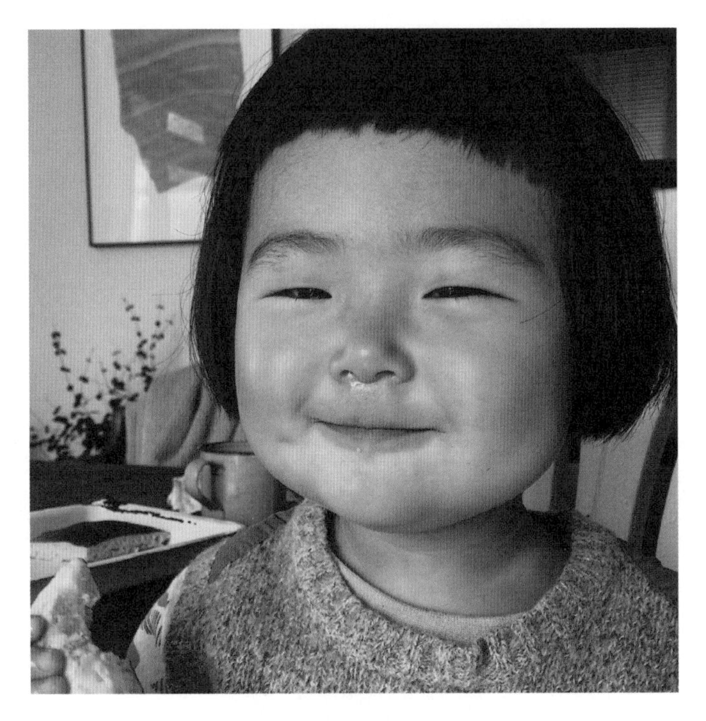

요모기 씨 세번째 코감기.
점심으로는 생강과 매실장아찌 그리고 죽을 먹었습니다.
여행 때문에 생긴 피로일까요. 빨리 나았으면.

두번째 도전하는 철봉. 이번에는 진짜 매달리기.

도와줘~
아냐, 그건 니가 하는 거야.

좋은 아침이에요. 아침저녁으로는 꽤나 쌀쌀해져서 제멋대로 자라게 놔둔 정원의 모습도 조금씩 사그라들기 시작했습니다.
오늘은 물방울 무늬 파자마 바지를 절대로 벗고 싶지 않다고 하네요.

원래 목욕하고 나와서 거울 볼 때가
제일 예쁘죠.

왜?

우리집은 핼러윈에 호박을 장식하는 정도 외엔 아무것도 하지 않았지만 동생네는 초등학생이 두 명 있어서인지 해마다 핼러윈을 잘 챙긴답니다. 이맘때가 기다려지는 이유죠. 언니와 오빠가 자주 놀러와준 덕분에 요모기는 단숨에 성장한 느낌이에요.

거울 보는 재미에 푹 빠졌어요. 부쩍!

피자 클래스,
피자 파티.

우리집의 태양.

오랜만에 시게 할아버지 요시코 할머니 집에 가서 실컷 먹고 실컷 놀았습니다.
덕분에 엄마도 느긋하게 있었네요.

이때다 싶어 〈엄마와 함께〉•를 보고 있습니다. 집에서는 TV를 안 보여줘서 그렇겠지만 남의 집에 놀러가면 늘 보게 되네요. 어젯밤 예능방송을 보던 엄마는 TV에 모르는 사람만 나와서 전혀 재미가 없었습니다. 운동선수라고 생각한 사람이 알고 보니 요즘 인기인 배우여서 충격을 받았어요. 따로 신문 구독이라도 해야 할지 심각하게 고민중.

• 일본의 어린이 TV 프로그램.

집에 왔더니 집이 깨끗하게 청소되어 있어요. (남편, 고마워요×1000)
그리고 느끼지 못한 사이, 정원의 단풍잎도 빨갛게 물들어 있었습니다.

오늘도 떼쟁이. 무조건 싫어싫어.
뭘 하고 싶은 걸까. 뭐가 싫은 걸까.
아마 딱히 이유는 없을지도.

어제의 멋진 얼굴.
어제 찍으면서는 몰랐는데, 오늘 꺼내보면서 새삼.

지금 거기, 청소기 밀고 싶은데.

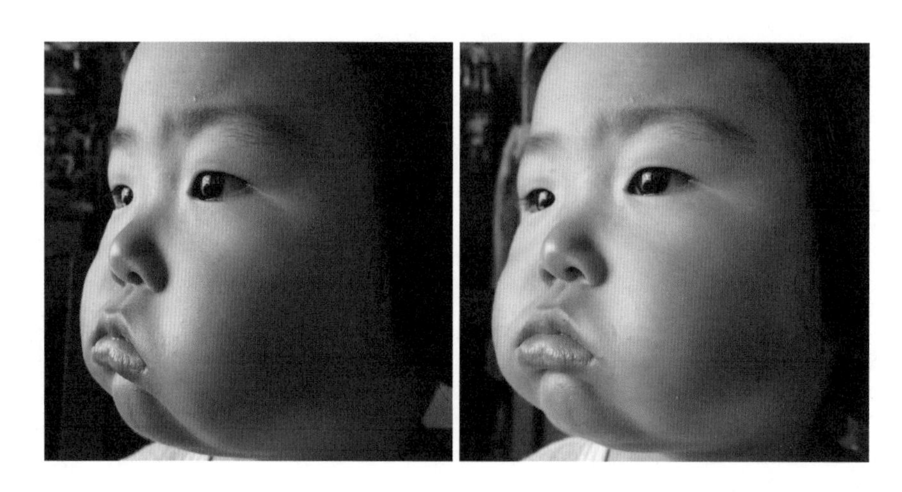

볼에 한가득 행복을 담은 거겠죠.

응?

미모 관리에 여념이 없음.

생글생글 웃으며 소꿉장난 삼아 쓰고 있는 캠프용 밀을 가져와선 "커피 할 거야~"라고 하기에 커피콩을 주었더니 하나씩 그 안에 넣고 있네요. 오늘 안에는 마실 수 있을까. 그래도 고마워. 엄마, 정말 기쁘네.

쉿! 지금 엄마 배 속에는 요모기의 동생이 자라고 있어요.

지금은 그나마 느긋하게 보내고 있지만, 배 속의 아이가 세상에 나온다면 얼마나 정신이 없을지 상상도 되지 않네요. 어느새 8개월. 지금까지 임신일기도 제대로 쓰지 못했고, 산후의 수면 부족에 대비해 미리 많이 자둘 수도 없는데다가 아기가 태어나더라도 요모기를 낳았을 때처럼 여유 있게 누워 있을 수도 없겠죠. 요모기한테 해준 것처럼 배 속의 아이한테도 턱받이를 만들어주고 싶은데.

이번에도 집에서 출산할 생각이라 가끔 집에서 검진을 받습니다.
대부분 한 시간 정도 소요되는데
집중 안 하고 수다를 떨면서 웃거나 하면 불호령이 떨어지기도 합니다.

오늘도 '옷 갈아입기 싫어싫어' 하는 사람.
종일 파자마로 있어, 그럼.
그 와중에 맨발은 안 되겠는지 양말만은 신고 있겠다고 이상한 고집을 부리네요.

메루짱을 어부바하곤 기분좋음.
쓸 만한 포대기를 못 찾아서 아빠의 훈도시•로. 미안…….

•
일본의 전통적인 남자 속옷.

요모기, 노래합니다.
하지만 어떤 노래인지는 역시 잘…….

요모기의 두번째 생일. 생각보다 많은 친구들이 축하해주러 왔습니다. 아이 손님들도 많이 왔네요. 엄마 아빠가 밤새 준비한 보람을 느끼게 해주려는지 오늘의 주인공인 요모기가 맘껏 즐거워했습니다. 어제부터 이것저것 도와준 친구들, 마음씨 좋게 가게의 공간을 선뜻 빌려준 기타 씨, 선물을 안고 와준 여러분. 정말 정말로 고마워요. 실컷 놀아서 에너지를 다 썼는지 요모기는 집에 돌아오자마자 푹 잠들었습니다. 나중에 커서 오늘의 멋진 파티를 기억할 수 있을까 싶은 아슬아슬한 나이지만, 나와 다케시 군에게는 절대 잊을 수 없는 날이 되었습니다. 함께 힘을 모아 무언가를 만든다는 건 역시 관계가 깊어지는 일이구나 하는 생각을 하게 되었으니까요.

うどん
130g
を入れ、カップにへを注
入れる。
ーク状にする。
入れ、さらにまぜる。
ながらこね水を入れて、
全部加える。
くなるまで、手でちぎるように
ロの塊がたくさんできたら終了。
入れて 約10分ねかす。
にのばす。
めんを開き、打ち粉をたっぷり
ほぐし、たたきつける。
冷凍する。(冷凍したものは、

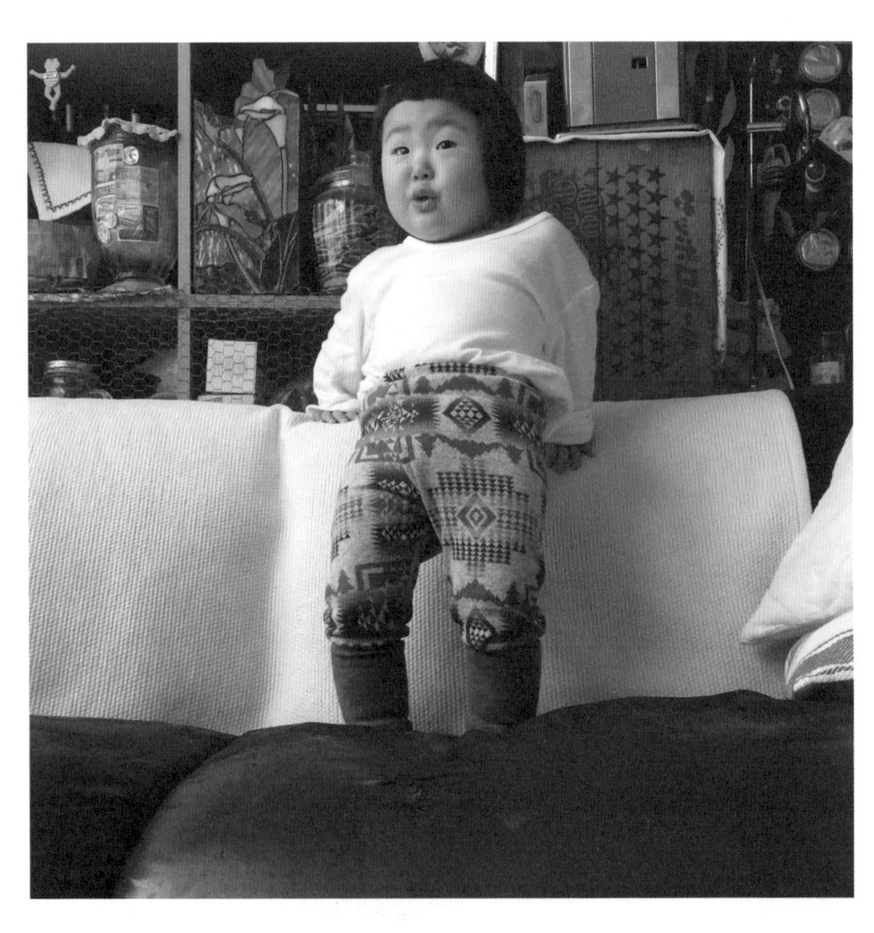

이상한 표정 짓지 말고,
낮잠 안 잘래요?

집에 돌아왔더니 정말 멋진 선물이 도착해 있었습니다.
한국에 살고 있는 프랑스 출신의 아티스트•가 그려준 요모기.
너무 기뻐요, 가보로 삼을게요!

인스타그램
@m_hanabi2

새 모자를 장만했군요.

기분좋은 택배가 도착했습니다. 상자 가득 반짝반짝한 사과들.
소중하게 기르고 수확해서 보내주었으니 우리도 소중히 여기면서 먹을게요.
매일 하나씩 챙겨 먹고 건강한 아기를 낳겠습니다.

FREESTYLE NOTEBOOK 160PAGES
FREESTYLE NOTEBOOK 160PAGES

지금의 이 충만하고 더없이 따스한 시간들이
훗날 네가 힘든 시간을 통과할 때
단단한 버팀목이 되어주리라 믿어.

이제 완전히 겨울이 되었습니다.
눈이 조금 내려 쌓이더니 이내 폭설로 변해서 종아리까지 푹푹.

외출 전에 시간이 조금 남아서 크리스마스 장식을 꺼내 불을 켜봤습니다.
요모기는 계속 귀여워~~ 너무 좋아~~ 라며 대흥분.

12월의 시작은 역시나 눈이에요.

어젯밤에 또 눈이 내리기 시작하더니 다케시 군의 허리보다도 더 높게 쌓였습니다. 아빠 파이팅! 조심하세요, 얼굴에 음식을 묻힌 채 아빠의 출근길을 응원하더니 참을 수 없다는 듯 밖으로 뛰어나갔습니다. 온통 하얀 눈세상.

ANGYO
クリスマス

너의 세계가 조금씩 열리는 느낌이 들어.
너만의 창문 너머 너만의 세상.
그 속에는 어떤 놀이터가 있고 어떤 친구들이 있을까?

오늘 아침의 영업사원.
장갑이 잘 맞죠?

댄스 댄스 댄스.

어제 물려받은 장난감 기타. 제법 자세가 나오네.
이 모습, 기타 마니아 가즈 할아버지에게 보여주고 싶어.

썰매, 영원히 내리고 싶지 않은 느낌.

굿모닝!
오늘도 파자마를 안 벗을 작정이군요.

역시나 한 그릇 뚝딱!

조잔케이 온천으로 여행 왔습니다.
오늘밤은 굉장히 특별할 거예요.

잠깐 밖에 나온 것만으로도 두근두근 신이 난다니,
정말 멋진 일이야.

부엌에서 사용하는 망에 요즘 푹 빠져 있네요.
타이밍을 살피지 않고 빼면 엄청 화를 냅니다.

이제 작은 아기를 눕히려고 준비중인데, 큰 아기가 방해를 하고 있네요.
무언가 감정이 일렁이고 있는 걸까요?

은행을 볶은 뒤 껍질 까기. 엄마는 유혹을 이기지 못하고 껍질을 까면서 꿀꺽 몇 알을 먹어버렸네요. 요모기에게 들키지 않게 몰래. 은행은 아이들에겐 좋지 않다고 해서, 요모기에게는 "먹으면 안 돼" 주의를 주었습니다. 요모기가 생각보다 잘 참아서 대신 계란과자를 쥐여주었네요. 이젠 엄마가 말하는 걸 알아듣는다는 사실이 아직 익숙하지 않아서 매일 깜짝 놀라며 감동합니다.

크리스마스 파티 준비중.
그저 신난 아이들은 알록달록 그림 그리기.

어젯밤, 엄청난 장대비가 쏟아지던 와중에도
산타 할아버지는 다녀가신 것 같네요.

어제 만들어둔 가가미모치 완성.
올해는 손바닥 크기의 솔잎 장식도.
이제 귤을 사러 가야지.●

● 가가미모치 위에 귤을 올리는 게 전통적인 방식이다.

올해의 마무리 장식을 삿포로의 히토토키*에서 샀어요. 아기를 맞이하기 전에 둥지를 준비하는 어미새가 된 걸까요. 순조롭게 연말 준비도 진행중입니다. 모두 즐거운 기분이 소복소복.

* 지역의 꽃집이자 잡화점.

밖에는 눈이 엄청 많이 내립니다.
가마쿠라● 만들 수 있으려나.

● 눈이 많이 내리는 지방에서 정월 대보름에 하는 행사로, 눈으로 만든 움집.

최근에 '싫어싫어기'를 졸업한 그녀지만, 가끔은 어쩔 수 없네요.
도망가고, 춤추고, 그러다 갑자기 멍한 표정을 짓고…….
도무지 알 수가 없는 캐릭터예요.

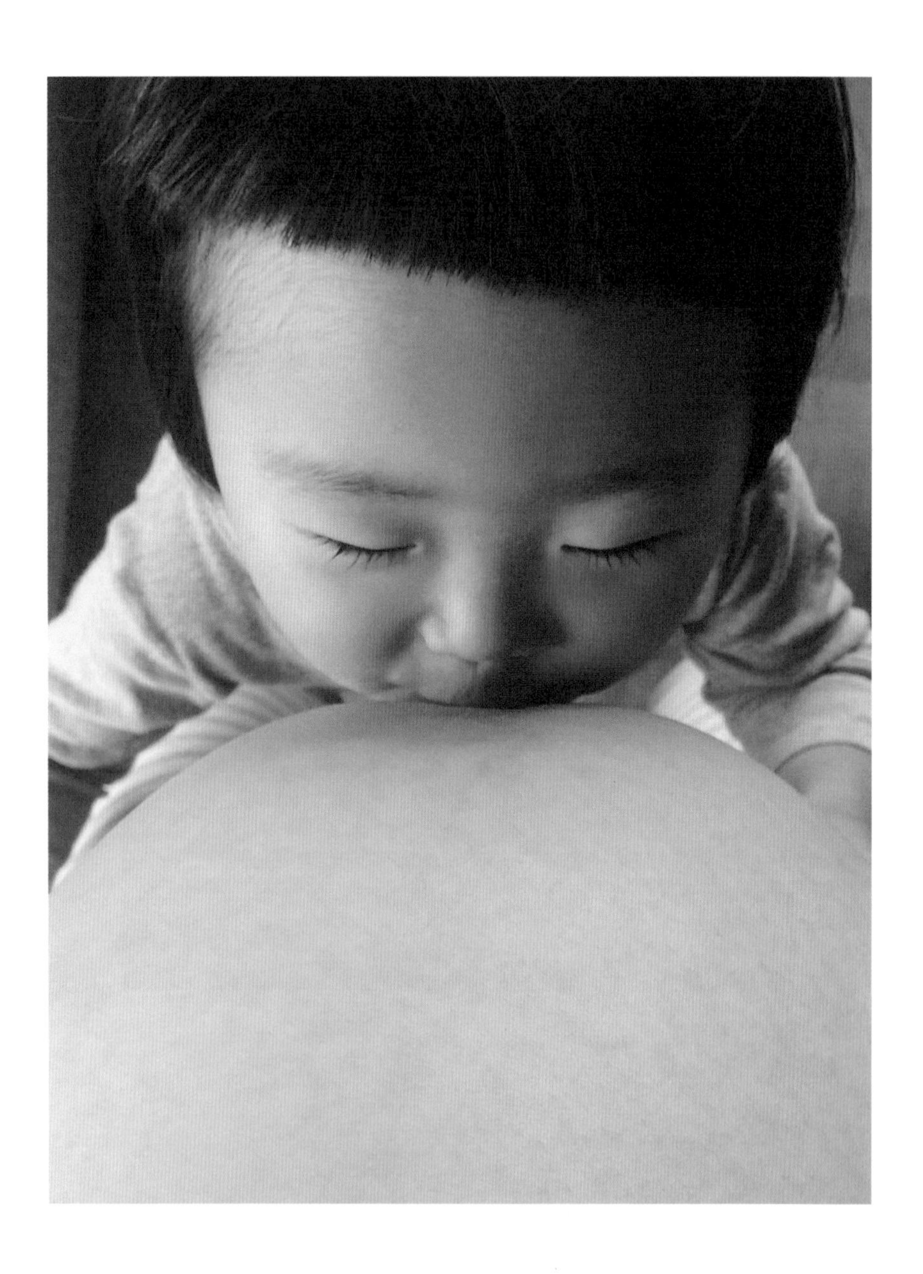

임신 37주차, 검진하는 날. 지금 이곳은 한겨울의 홋카이도라서 혹시나 눈 때문에 길이 끊겨 조산사가 오지 못하게 될 것을 대비해 인형으로 분만하는 법을 연습했습니다. 이번에는 다케시 군이 자기도 돕고 싶다고 했기 때문에(나의 꿈이기도 했습니다) 옆에서 내내 꽤나 진지하네요. 조산사 무라카미 씨가 돌아간 후에도 섀도복싱 하듯이 반복해서 연습하는 모습이 깜찍해서 혼자 보기 아까웠습니다. 산후에 사용할 것들을 정리하고 해야 할 일들을 연습하면서 조금씩 마음의 준비도 되는 것 같아요. 여러모로 부산스러운 연말입니다.

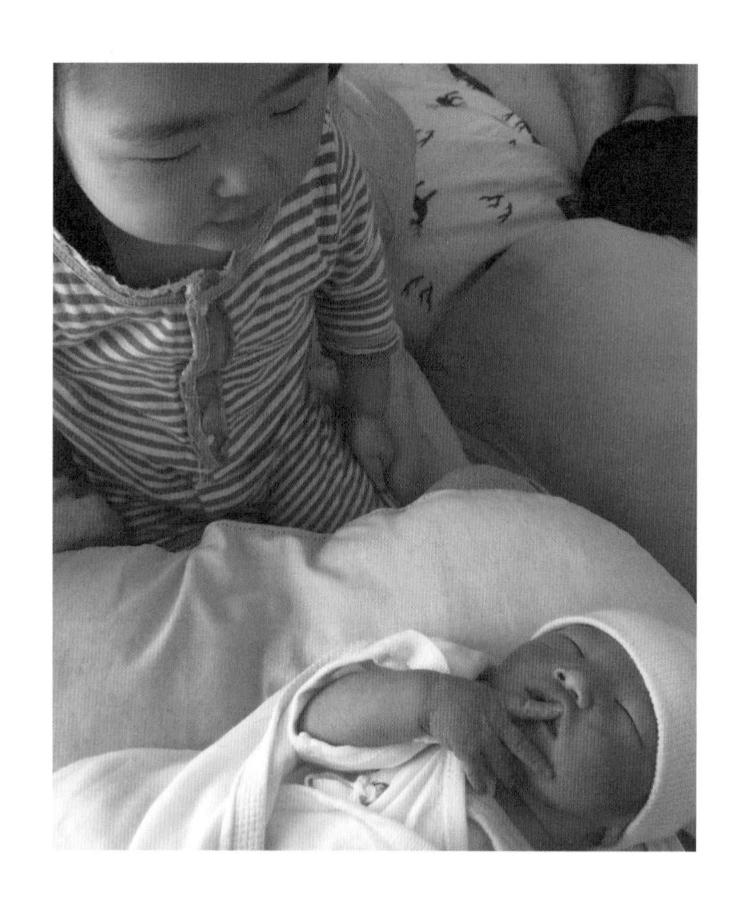

두둥. 새로운 가족을 맞이하여 이제 네 명이 한 팀이 되었습니다.
또다른 새로운 세상이 펼쳐지겠지요.

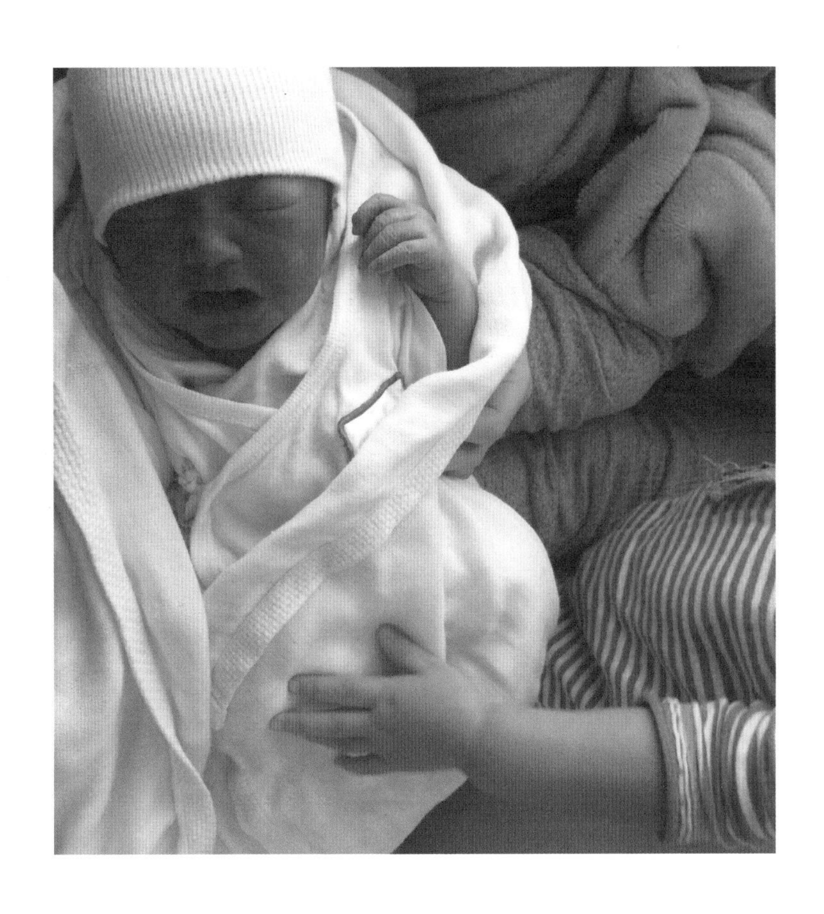

고생했어요. 아가도.

한 해의 마지막날 아침 8시경, 아무런 조짐도 없다가 양수가 터져서 나와 다케시 군 모두 당황했습니다. 곧바로 무라카미 씨와 엄마에게 급히 연락을. 예정일은 보름도 더 남았기 때문에 아무런 준비가 되어 있지 않았어요. 요모기는 예정일보다 이틀 늦게 태어났거든요. 무라카미 씨와 조수인 후지타 씨가 도착했고, 곧이어 엄마도 달려와 나의 상태를 보고 뜸을 떠주거나 방 세팅을 도와주셨습니다.

11시 반경에 진통이 시작. 조금씩 움직여도 된다고 해서 축하를 위한 팥찰밥을 만들고 방을 청소하는 동안에도 4분 간격으로 진통이 오고 있었습니다. 나는 누워서 다케시 군을 붙잡았고, 무라카미 씨가 허리를 받쳐주면 겨우 견뎠습니다. 요모기는 할머니와 놀면서도 몇 번이고 옆에 와서는 엄마, 괜찮아? 하며 머리를 쓰다듬어주었습니다. 한번 진통중에 말을 태워달라고 등에 올라타버렸을 때는 으억, 했지만…….

엄청난 속도로 분만이 진행되고, 오후 2시 반경에 아가는 볼에 한 손을 댄 채로 머리를 내밀기 시작했습니다. 아들이었습니다. 요모기가 얼굴을 쓰다듬었더니 작은 목소리로 으앙, 하며 울기 시작했습니다. 무라카미 씨의 도움을 받으며 다케시 군이 커다란 손으로 아이를 받아 바로 제 품으로 옮겨주었어요. 아기가 이번에는 맘껏 큰 소리로 울기 시작했습니다.

요모기는 동생의 몸이 쑥 빠져나온 순간, 놀람과 감동으로 조금 울먹거리면서도 귀여워, 나왔다, 라며 흥분했습니다. 요모기의 격한 반응에 미소가 절로 지어졌고 순간 가족 모두가 행복한 기운을 얻었답니다. 조금 일찍 세상에 나왔지만, 그 덕에 새해를 맞이하기 하루 전날 밤엔 다 같이 여유롭게 맛있는 것을 먹을 수 있었습니다.

아기야, 애썼어, 정말 예쁘다, 사랑해, 고마워.

좋은 날에는, 역시 팥찰밥.

영원히 아름다운 것만 만나기를

1쇄 인쇄 2018년 12월 18일
1쇄 발행 2018년 12월 25일

지은이 다치바나 가오루
옮긴이 박혜연

편집장 김지향
책임편집 김지향
편집 이희숙 박선주
모니터링 이희연
디자인 최정윤
마케팅 최향모 이지민
제작 강신은 김동욱 임현식
홍보 김희숙 김상만 이천희
저작권 한문숙 김지영
관리 윤영지

펴낸이 이병률
펴낸곳 달 출판사
출판등록 2009년 5월 26일 제406-2009-000034호
주소 10881 경기도 파주시 회동길 455-3
dal@munhak.com
dalpublishers
전화번호 031-8071-8681(편집) 031-8071-8670(마케팅)
팩스 031-8071-8672

ISBN 979-11-5816-088-3 03830

• 이 도서의 국립중앙도서관 출판예정도서목록(CIP)은 서지정보유통지원시스템 홈페이지(http://seoji.nl.go.kr)와 국가자료종합목록시스템(http://www.nl.go.kr/kolisnet)에서 이용하실 수 있습니다. (CIP제어번호 : CIP2018039845)